ANTONIO PRATA

Por quem as panelas batem
Crônicas políticas (2013-2021)

Copyright © 2022 by Antonio Prata

Grafia atualizada segundo o Acordo Ortográfico da Língua Portuguesa de 1990, que entrou em vigor no Brasil em 2009.

Capa
Alceu Chiesorin Nunes

Foto de capa
artpartner-images/ Getty Images

Foto de quarta capa
celsopupo/ Freepik

Preparação
Matheus Souza

Revisão
Erika Nogueira Vieira
Gabriele Fernandes

Dados Internacionais de Catalogação na Publicação (CIP)
(Câmara Brasileira do Livro, SP, Brasil)

Prata, Antonio
    Por quem as panelas batem : Crônicas políticas (2013-2021) / Antonio Prata. — 1ª ed. — São Paulo : Companhia das Letras, 2022.

    ISBN 978-65-5921-117-3

    1. Crônicas brasileiras 2. Política I. Título.

22-118377   CDD-B869.8

Índice para catálogo sistemático:
1. Crônicas : Literatura brasileira B869.8

Cibele Maria Dias – Bibliotecária – CRB-8/9427

[2022]
Todos os direitos desta edição reservados à
EDITORA SCHWARCZ S.A.
Rua Bandeira Paulista, 702, cj. 32
04532-002 — São Paulo — SP
Telefone: (11) 3707-3500
www.companhiadasletras.com.br
www.blogdacompanhia.com.br
facebook.com/companhiadasletras
instagram.com/companhiadasletras
twitter.com/cialetras

Sumário

Introdução, 9

2013
  A passeata, 13
  Guinada à direita, 16
  Abaixo, a ironia, 19

2014
  O álbum da Copa, 25
  A caminho, 28
  A oposição fluorescente, 30

2015
  Texugos, 35
  Repente do desmantelo, 38
  O último a sair, 42
  Insensatez, 45
  Por quem as panelas batem, 48
  Trânsito, 51
  Numa escola ocupada, 54

2016

2016, 59
Carta a Beatriz, 62
Crítica e autocrítica, 65
A solução para a crise, 68
Torto, por linhas tortas, 71
Cinco centenas, mais cinco, 74
Crônica em exercício, 77
Tecla SAP do humor, 80
A caminho 2, 83
SAC para os desiludidos com o impeachment, 86
Tony Soprano está no poder, 89
Menos piquete e mais Piketty, 92
Ortodoxos, 95

2017

Penteados e pensamento, 101
Outro Brasil, 104
a.C., d.C., 107
Reinventar o Brasil, 110
É uma crônica, companheira, 113
Os nazistas são todos uns nazistas, 116
Vai pro Haiti!, 119
Peppa Pig sem partido, 122
Janela, 125

2018

Bem rápido e bem devagar, 131
Minha opinião: não tenho opinião, 134
Alala x, 137
Uma abordagem indevida, 140
São Paulo para os motoristas, 143
Que fim levou o "Chupa!"?, 146

Nunca antes na história deste país, 149
O sol de maio, 152
O canto dos cines, 155
Fora, Waze comunista, 158
Pacote Master Burro, 161
Imagina eu num pau de arara?, 164
Que que a gente faz?, 167
Um sonho, 170
Transtorno obsessivo-compulsivo, 173
Luz por todos os lados, 176
Hoje em dia, 179

2019

A milícia de Brancaleone, 185
Ministério da Família, 188
A educação pela treva, 191
Futuro do pretérito, 194
E se?, 197
Bolsonaro vai unir o Brasil, 200
Conhecimento acima de todos, 203
Nós capota mas não breca, 206
Bolsonaro e as flexões de pescoço, 209
Polemizando a controvérsia, 212
Rabo de galo. Rivotril. Respira, 215
Pauta de costumes, 218
Nem toda unanimidade é burra, 221
The problematizando show, 224
#minhaarmaminhasregras, 227

2020

Sua majestade, o vidro, 233
#forabolsonaro, 236
Preocupados com os próprios narizes, 239

O horror acima de todos, 242
Fábulas mui, mui distantes, 245
Brasil, sala de roteiro, 248
A doutrina do "f.d@-se!", 251
Diário da quarentena, 254
As crônicas não escritas, 257
Bacon: direita ou esquerda?, 260
Quarentena, gim-tônica e Serasa, 263
Chupa, treva!, 266
WhatsApp, ferramenta do demônio, 269

2021

Twitter, FB, zap, YouTube: cúmplices, 275
Procurando Nemo... em Seropédica, 278
Carta de demissão, 281
Bolsonarismo, 284
#gadjiberibimba, 287
Menos inferno, mais piano, 290
V de VingAPP, 293
A falsa dicotomia Baco × Bacon, 296
Na manifestação, 299
A grande mentira, 302
Passeata do MBL, 305
Jantar do Temer, 308
Maconha, pipa e Kalashnikov, 311
Saudades da secretária eletrônica, 314
Cascadura, 317

Introdução

Minha mãe deu-me à luz no fim da ditadura militar. Passei pro ensino fundamental no primeiro ano da redemocratização. Entrei no médio durante a Constituinte. Meus primeiros holerites foram sob os governos Fernando Henrique e Lula. Não era completamente fora de lugar, portanto, suspeitar que o Brasil, talvez, quem sabe, vejam só, estivesse melhorando. Devagar, é verdade, mas melhorando. Daí veio 2013 e pareceu que a história nacional, de 1980 até então, era só a subida da montanha-russa. Este livro é uma espécie de diário da queda. Uma seleção das crônicas sobre política publicadas na Folha de S.Paulo de junho de 2013 a dezembro de 2021.

Nos meus dias mais otimistas (tive uma meia dúzia deles na última década) tento acreditar que o descalabro social, político e cultural representado pelo bolsonarismo é o grunhido do velho mundo, agonizante, sendo arrastado para o passado. Nos dias mais sombrios, porém, vejo em Bolsonaro o clímax infeliz da nossa história, o tal final "ao mesmo tempo surpreendente e inevitável" que, todo escritor sabe, deve ser o fecho de qualquer narrativa bem estruturada.

Bolsonaro é a personificação de um país que nasceu do extrativismo, passou três quintos de sua existência vendendo gente, jamais concluiu a abolição, teve duas ditaduras militares sem punir responsáveis por assassinatos e torturas e hoje se destaca globalmente pelo desmatamento, pela alta taxa de homicídios e pela desigualdade. (Durante a quarentena causada pela covid-19, as vendas do mercado de luxo cresceram aqui de tal modo que, enquanto mais de trinta milhões de pessoas passavam fome, havia fila de espera para a compra de jatos executivos.)

Estou longe de ser um especialista em política. O que tento, como cronista, é expor as minhas sensações, inquietações e suspeitas diante dos fatos, na esperança de que elas encontrem alguma ressonância no leitor. São muito menos análises e interpretações do que instantâneos ou esquetes do desmantelo social e político da última década. Trata-se de um olhar pessoal, subjetivo, com todos os recortes, vantagens e limitações do ponto em que me encontro no tecido social.

Publico o livro às vésperas da eleição de 2022 para presidente. Mais do que a escolha de um novo mandatário, faremos um plebiscito em que o Brasil decidirá se pretende sepultar de vez sua democracia troncha e mergulhar na barbárie bolsonarista, ou se, elegendo qualquer outro candidato, vai caminhar em direção ao estado de direito. Torço para que, quando este livro vier à luz, o Brasil também esteja dela se aproximando.

2013

A passeata

Tinha punk de moicano e playboy de mocassim. Patricinha de olho azul e rasta de olho vermelho. Tinha uns barbudos do PCO exigindo que se reestatize o que foi privatizado e engomados à la Tea Party sonhando com a privatização de todo o resto. Tinha quem realmente se estrepa com esses vinte centavos e neguinho que não rela a barriga numa catraca de ônibus desde os tempos da CMTC. (Neguinho, no caso, era eu.) Tinha a esperança de que este seja um momento importante na história do país e a suspeita de que talvez o gás da indignação, nas próximas semanas, vá para o vinagre.

Sejamos francos, companheiros: ninguém tá entendendo nada. Nem a imprensa nem os políticos nem os manifestantes, muito menos este que vos escreve e vem, humilde ou pretensiosamente, expor sua perplexidade e ignorância.

Anteontem, depois da passeata, assisti ao *Roda Viva* com Nina Cappello e Lucas Monteiro de Oliveira, integrantes do Movimento Passe Livre. Ficou claro que, embora inteligentes e bem articulados, eles tampouco compreendem onde é que foram amarrar seus burros. "Vocês começaram com uma canoa e tão aí com uma arca de Noé", observou o coronel José Vicente. Os dois insistiram que não, o que há é um canoão, e as mais de duzentas mil pessoas que saíram às ruas no Brasil, segunda-feira, lutavam por transporte público mais barato e eficiente. A posição dos ativistas de não se colocarem como os catalisadores de todas as angústias nacionais e seguirem batendo na tecla do transporte só os enobrece — mas estarão certos na percepção? Duzentas mil pessoas de esquerda, de direita, de Nike e de coturno por causa da tarifa?

"Por que você tá aqui no protesto?", perguntou a repórter do *TV Folha* a uma garota na manifestação do dia 11: "Olha, eu não consigo imaginar uma razão para não estar aqui, na verdade", foi sua resposta. Corrupção, impunidade, a PEC 37, o aumento dos homicídios, os gastos com os estádios para a Copa, nosso IDH, a qualidade das escolas e hospitais públicos são todos excelentes motivos para que se saia às ruas e se tente melhorar o país — mas já o eram duas semanas atrás: por que não havia passeatas? Será porque a chegada do PT ao poder anestesiou os movimentos sociais, dificultando a percepção de que o Brasil vem melhorando, melhorando, melhorando e... continua péssimo? Ou será porque agora o Facebook e o Twitter facilitam a comunicação?

Se as dúvidas sobre as motivações — que brotam do solo minimamente sondável do presente — já são grandes, o que dizer sobre o futuro do movimento? Marchará ou murchará? Caso cresça: conseguirá abaixar a tarifa? E, no longo prazo, terá alguma relevância? Mais ainda: adianta ir às ruas, fazer barulho? Ou a própria passeata extingue o impulso de revolta que a criou e voltamos todos para o mundinho idêntico de todos os dias, com a sensação apaziguadora de "fiz a minha parte"?

Não tenho a menor ideia, estou mais confuso que o Datena

diante da enquete, mas, num país injusto como o nosso, em que a única certeza parecia ser a de que, aconteça o que acontecer, o Sarney estará sempre no poder, as dúvidas dos últimos dias são muitíssimo bem-vindas.

19 de junho de 2013

Guinada à direita

Há uma década, escrevi um texto em que me definia como "meio intelectual, meio de esquerda". Não me arrependo. Era jovem e ignorante, vivia ainda enclausurado na primeira parte da célebre frase atribuída a Clemenceau, a Shaw e a Churchill, mas na verdade cunhada pelo próprio Senhor: "Um homem que não seja socialista aos vinte anos não tem coração; um homem que permaneça socialista aos quarenta não tem cabeça". Agora que me aproximo dos quarenta, os cabelos rareiam e arejam-se as ideias, percebo que é chegado o momento de trocar as sístoles pelas sinapses.

Como todos sabem, vivemos num totalitarismo de esquerda. A rubra súcia domina o governo, as universidades, a mídia, a cúpula da CBF e a Comissão de Direitos Humanos e Minorias, na Câmara. O pensamento que se queira libertário não pode ser outra coisa, portanto, senão reacionário. E quem há de negar que é preciso reagir? Quando terroristas, gays, indígenas, quilombolas, vândalos, maconheiros e aborteiros tentam levar a nação para o abismo, ou os cidadãos de bem se unem, como na saudosa

Marcha da Família com Deus pela Liberdade, que nos salvou do comunismo e nos garantiu vinte anos de paz, ou nos preparemos para a barbárie.

Se é que a barbárie já não começou... Veja as cotas, por exemplo. Após anos dessa boquinha descolada pelos negros nas universidades, o que aconteceu? O branco encontra-se escanteado. Para todo lado que se olhe, da direção das empresas aos volantes dos suvs, das mesas do Fasano à primeira classe dos aviões, o que encontramos? Negros ricos e despreparados caçoando da meritocracia que reinava por estes costados desde a chegada de Cabral.

Antes que me acusem de racista, digo que meu problema não é com os negros, mas com os privilégios das "minorias". Vejam os indígenas, por exemplo. Não fosse por eles, seríamos uma potência agrícola. O Centro-Oeste produziria soja suficiente para a China fazer tofus do tamanho da Groenlândia, encheríamos nossos cofres e financiaríamos inúmeros estádios padrão Fifa, mas, como você sabe, esses ágrafos, apoiados pelo poderosíssimo lobby dos antropólogos, transformaram toda nossa área cultivável numa enorme taba. Lá estão, agora, improdutivos e nus, catando piolho e tomando 51.

Contra o poder desmesurado dado a negros, indígenas, gays e mulheres (as feias, inclusive), sem falar nos ex-pobres, que agora têm dinheiro para avacalhar, com sua ignorância, a cultura reconhecidamente letrada de nossas elites, nós da direita temos uma arma: o humor. A esquerda, contudo, sabe do poder libertário de uma piada de preto, de gorda, de baiano, por isso tenta nos calar com o cabresto do politicamente correto. Só não jogo a toalha e mudo de vez pro Texas por acreditar que neste espaço, pelo menos, eu ainda posso lutar contra esses absurdos.

Peço perdão aos antigos leitores, desde já, se minha nova persona não lhes agradar, mas no pé que as coisas estão é preciso não apenas ser reacionário, mas sê-lo de modo grosseiro, raivoso e estridente. Do contrário, seguiremos dominados pelo criouléu, pelas bichas, pelas feministas rançosas e por velhos intelectuais da USP, essa gentalha que, finalmente compreendi, é a culpada por sermos um dos países mais desiguais, mais injustos e violentos sobre a Terra. Me aguardem.

3 de novembro de 2013

Abaixo, a ironia

Domingo passado, escrevi aqui uma crônica em que satirizava o discurso mais raivoso da direita brasileira. Muita gente não entendeu: alguns se chocaram pensando que eu de fato acreditava que o problema do país era a suposta supremacia de negros, homossexuais, feministas, indígenas e o "poderosíssimo lobby dos antropólogos"; outros me chocaram, cumprimentando-me pela coragem (!) de apontar os verdadeiros culpados por nosso atraso. Volto ao tema para que não haja risco de eu estar reforçando as ideias nefastas que tentei ridicularizar.

Uma sátira é uma caricatura. Escolhemos certos traços de uma obra e produzimos outra, exagerando tais características. Narizes aparecem desproporcionalmente grandes, orelhas podem ser maiores que a cabeça, um bigode talvez chegue até o chão. É como se puséssemos uma lupa nos defeitos do original, a fim de expô-los.

Na crônica de domingo, achei que havia carregado o bastante nas tintas retrógradas para que a sátira ficasse evidente.

Descrevi um quadro que, pensava eu, só poderia ser pintado por um paranoico delirante. No país bisonho do meu texto, José Maria Marin e o pastor Marco Feliciano eram de esquerda, os brancos estavam escanteados por negros, que ocupavam a direção das empresas, as mesas do Fasano e os assentos de primeira classe dos aviões.

O Brasil (segundo maior exportador de soja do mundo) não era, na crônica, uma potência agrícola por culpa das reservas indígenas. No fim, me levantava contra "as bichas" e "o criouléu". O texto não estava suficientemente descolado da realidade para que todos percebessem a impossibilidade de ser literal?

Talvez, infelizmente, não: fui menos grosseiro, violento e delirante na sátira do que muitos têm sido a sério. Poucos dias antes de a crônica ser publicada, um vereador afirmou em discurso que os mendigos deveriam virar "ração pra peixe". Com esse pano de fundo, ser "apenas" racista, machista, homo e demofóbico pode não soar absurdo. Quem se chocou achou o personagem equivocado, mas plausível. Quem me cumprimentou achou minha "análise" perfeitamente coerente.

Ora, só dá para concordar com o texto se você acreditar que as cotas criaram uma elite negra e oprimiram os brancos, acabando com a "meritocracia que reinava por estes costados desde a chegada de Cabral", se achar que os vinte anos de ditadura foram "vinte anos de paz" e que é legítimo e bem-vindo levantar-se contra "as bichas" e "o criouléu".

Em *Hannah e suas irmãs*, do Woody Allen, Lee, uma das irmãs, é casada com um intelectual rabugento chamado Frederick. Lá pelas tantas, o personagem assiste a um documentário sobre Auschwitz, em que o narrador indaga "como isso foi possível?". Frederick bufa e resmunga: "A pergunta não é essa! Do jeito que as pessoas são, a pergunta é: como não acontece mais vezes?". Esta semana, diante dos e-mails elogiosos que recebi, a fala me voltou algumas vezes à memória: "Como não acontece mais vezes?". Vontade é o que não falta, por aí — e, infelizmente, não estou sendo irônico.

10 de novembro de 2013

2014

O álbum da Copa

Comprei o álbum da Copa e me pergunto se isso representa uma tomada de posição. Afinal, até as cinco da tarde do dia 12 de junho, quando será dado o apito inicial para Brasil e Croácia, cada um de nós terá que resolver, internamente, em que ponto se encontra entre o "Pra frente, Brasil!" e o "Não vai ter Copa!".

A escolha já foi mais simples. Antes de 70, aliás, nem se escolhia: apenas se torcia. Então vieram os generais e parte da esquerda passou a torcer contra a Seleção, pois via na vitória verde-amarela um triunfo verde-oliva. Tirando esse breve período, contudo — e descontando os cartolas e o patriotismo comercial-televisivo —, o éthos do nosso futebol, desde que a bola voou para fora dos clubes e passou a rolar pelas várzeas, sempre foi popular e utópico. Ali estavam onze garotos nascidos pobres; pretos, brancos e pardos, que haviam subido na vida unicamente por conta do talento; ali estava um país de terceiro mundo vencendo, com originalidade e graça, as nações mais poderosas do globo.

Tá, tá, eu sei que transplantar essa visão do gramado pra nação colaborou e colabora com o mascaramento e a preservação das nossas mazelas. Acreditar que somos duzentos milhões de abençoados, originais e graciosos, num país igualitário e espontâneo que na hora H resolve tudo com um toquinho de calcanhar é parte do delírio brasileiro.

O esporte, contudo, assim como a arte, é o lugar do delírio. Se for encarado racionalmente, não faz nenhum sentido: onze homens de cá contra onze homens de lá, tentando fazer uma esfera de couro e ar passar por cima de uma linha de cal — sem usar as mãos. É toda a carga irracional colocada no espetáculo que lhe dá sua razão de ser: ali projetamos tragédias individuais e coletivas, plantamos e colhemos significados. Não é do jogo, mas de nós que brota o sentido — e o sentido que a Seleção tinha entre a gente, não como retrato do presente, mas como possibilidade, como ideal, me parecia bonito e importante.

Há um clima pessimista no ar e um desejo, tanto à direita como à esquerda, de limar todos os discursos a favor do Brasil. Compreende-se: os serviços públicos são precários, há corrupção nos governos, basta abrir o jornal ou a janela para darmos de cara com horrores de todo o tipo. Mas será que a saída é desistir e admitir que foi tudo uma ilusão? Machado de Assis, Gilberto Freyre, Oswald de Andrade, Villa-Lobos, o concretismo, Niemeyer, João Gilberto — nada presta, promessas falsas, roncos de um motor de arranque que não fez nem jamais fará o carro dar a partida?

Talvez seja bom colocar nossos mitos à prova, negar a pátria como se nega o pai, para nos tornarmos adultos. Talvez, porém, seja prudente ficar atento para não jogar a criança com a água do banho: o Brasil é foda, mas a bossa nova, como cantou Caetano Veloso em seu disco mais recente, também é.

Falta um mês e um dia para soar o apito e, enquanto não descubro em que ponto me encontro entre o "Pra frente, Brasil!"

e o "Não vai ter Copa!", vou colando essas figurinhas, meio envergonhado, meio esperançoso, sem saber exatamente de que lado está o povo, de que lado estão os generais.

11 de maio de 2014

A caminho

Quinta-feira, estação República, 11h36. Quase todos os passageiros vestem camisas do Brasil, eu também. No canto do vagão, um casal de gays: pobres, mirrados, feições nordestinas. Um deles, de cabelo oxigenado, aperta uma dessas buzinas de spray. "É Copa, meu povo! Vamo animááá!", e gargalha. Penso como, vinte anos atrás, seria inimaginável gays assim, tão gays, em público, ainda mais indo pra um jogo de futebol. Fico um pouco emocionado: não sei se por estar a caminho do estádio, pela constatação de que o Brasil mudou ou pela breve comunhão das camisas amarelas.

Estação Pedro II, 11h44. O metrô sai do buraco e a comoção se perde entre dúzias de moradores de rua, numa praça de terra. Craqueiros? Talvez, mas o trem anda, o céu é azul, faz sol, melhor esquecer o crack e pensar nos craques. "Brasil! Brasil! Brasil!", puxa um garoto.

Estação Belém, 11h55. Soldados com fuzis na plataforma. Os torcedores parecem não vê-los: "Eeeu sou brasileeeiro, com muito orguuulho, com muito amooor". No vagão, o gay de cabelo oxigenado soa a buzina. Mais adiante, antigas fábricas e casinhas geminadas me lembram Adoniran Barbosa. Prédios novos, grandes e feios me lembram os vereadores que, revoltados com as concessões da prefeitura aos sem-teto, deixaram de votar o Plano Diretor.

12h01: "Atenção, passageiros: os trens não estão prestando serviço na estação Carrão devido à manifestação". Olho pela janela e não vejo a manifestação, mas abro o Twitter e assisto ao vídeo: a repórter da CNN sangrando, o PM jogando spray de pimenta nos olhos do cara algemado. "Eu vou buzinar mesmo!", diz o gay a alguém fora do meu campo de visão. "Eu tenho direito! É Copa do Mundo!" "E leleô, leleô, leleô, leleô, Brasil!", puxa uma turma, do outro lado do vagão.

Penha, 12h07. Um campinho de várzea, um ipê-rosa florido e o vagão inteiro cantando "E leleô, leleô, leleô, leleô, Brasil!". Eu canto junto, até que as portas se abrem, um cara dá um salto do seu assento, arranca a buzina das mãos do gay e joga pela janela. "Eu sou polícia, cê me respeita senão eu te prendo, seu filho da puta! Acabou! Acabou!" Silêncio no vagão. Aos meus olhos, o gay parece ainda mais pobre, mais mirrado, mas ele se levanta. "Quero ver a sua identificação!" "Senta ou eu te prendo por desacato!" "Quero ver sua identificação!" O cara enrola. O gay cresce. Agora é um Madame Satã: "A gente vai descer em Itaquera e vai fazer B.O.! Eu tenho o direito de torcer que nem você! Vamos pra delegacia!".

Itaquera, 12h25. Os dois saem juntos do metrô, perco-os de vista e me junto à multidão. Sinto um nó na garganta: não sei se é por estar a caminho do estádio, se é pelo tanto que o Brasil mudou ou pelo tanto que ainda falta mudar.

15 de junho de 2014

A oposição fluorescente

Não vou votar no Aécio hoje, mas, enquanto estiver acompanhando a apuração, no início da noite, um lado meu torcerá secretamente para que ele ganhe. Esse meu lado (que não revelarei a ninguém, caro leitor, só a você, confiante na sua discrição) teme menos os próximos quatro anos sob um governo do PSDB do que os efeitos anabolizantes e lisérgicos que outro quadriênio petista pode causar à direita mais raivosa deste Brasil varonil.

Quando digo direita raivosa, não estou me referindo a quem é a favor de independência do Banco Central, Estado menor e superávit maior. Estou falando dos Bolsonaros e Felicianos, da turma que prega "direitos humanos para humanos direitos", que deseja "afogar esses nordestinos" e diz, em rede nacional, que "órgão excretor não é órgão reprodutor". (Aliás, quando ouvi aquele homúnculo cometer essa afirmação, com a segurança que só a profunda ignorância traz, me perguntei: será que ele faz xixi pelo sovaco? Ou ejacula pelo bigode? Mas não divaguemos, voltemos ao assunto.)

A chegada do PT à Presidência, doze anos atrás, teve um

pernicioso efeito colateral: por ser um partido historicamente ligado às minorias, permitiu à direita mais tacanha camuflar seu preconceito contra negros, mulheres, gays, indígenas e pobres sob uma papagaiada libertária, de crítica ao poder. A partir de 2003, o cara vinha com uma piadinha jurássica do tipo "o melhor movimento feminino sempre foi o movimento dos quadris" e queria aparecer na foto com um sorrisinho transgressor, tipo, "si hay gobierno, soy contra!". Fazia um número de stand-up racista e alegava estar combatendo a censura do Estado e a opressão do politicamente correto. Falava "az elite" e "meus deretcho" fingindo zombar do Lula, quando estava é babando a ancestral demofobia.

Tal reação conservadora me parece desproporcional aos avanços dos últimos anos. Afinal, apesar de alguma melhora, continuamos profundamente desiguais. Os negros seguem pior que os brancos, as mulheres ainda ganham menos que os homens, gays não podem se casar e, vira e mexe, são acariciados por heterossexuais com socos, pontapés e lâmpadas fluorescentes.

A direita raivosa, contudo, cada vez mais ensandecida, acredita que vivemos num misto de Venezuela com Sodoma. Pior: os inegáveis casos de corrupção e outras patacoadas do PT fazem o discurso retrógrado chegar àqueles que não comungam de seus preconceitos, mas se indignam, com razão, com os erros do governo. Se na passeata de apoio ao Aécio na última quarta, em São Paulo, que a revista *The Economist* chamou de "revolução do cashmere", a multidão gritava "Viva a PM!", o que gritará em 2018, caso a Dilma ganhe?

Com o PSDB no poder, porém, os paranoicos delirantes não teriam como ver, em cada esquina, a ameaça de revolução cubana chefiada por travestis-negras-maconheiras-aborteiras. Abaixariam seus dedinhos exaltados e, cofiando os anacrônicos bigodes, teriam de assumir que seu ódio não é nada além dos velhos racismo, machismo, homofobia e demofobia do nosso Brasil varonil.

Sem alternância de poder, não é só a situação que corre o risco de perder o pé da realidade: a oposição também precisa, de tempos em tempos, cair do seu troninho.

26 de outubro de 2014

2015

Texugos

Era uma vez um texugo muito pobre e injustiçado. O texugo muito pobre e injustiçado passou a adolescência lendo textos, vendo filmes e assistindo a peças que denunciavam as causas da pobreza e da injustiça, de modo que se transformou num texugo muito pobre, injustiçado e revoltado.

Um dia, o texugo muito pobre, injustiçado e revoltado não aguentou mais e decidiu ele também escrever textos, filmes e peças denunciando as causas da pobreza e da injustiça. Para surpresa do texugo muito pobre, injustiçado e revoltado, seus textos, filmes e peças fizeram um retumbante sucesso e ele passou a ganhar rios de dinheiro e a frequentar restaurantes caros e festas de ricos e famosos que achavam *mui cool* ser amigo do texugo que tinha sido muito pobre e injustiçado e escrevia textos, filmes e peças revoltados.

Uma noite, em sua cobertura, um pouco bêbado de vinho francês, o texugo que tinha sido muito pobre e injustiçado olhou para os móveis da sala, para os sapatos, para os quadros nas paredes e sentiu que aquela revolta não condizia com a posição que ocupava. Então, depois de alguma deliberação não inteiramente consciente, o texugo muito rico e nada injustiçado reformulou sua revolta: dali em diante, passou a escrever textos, filmes e peças revoltados contra os textos, filmes e peças revoltados que denunciavam as causas da pobreza e da injustiça, pregando que era tudo coisa de vagabundo e maconheiro que não trabalhava que nem ele pra subir na vida e ser alguém.

Era uma vez outro texugo muito pobre e injustiçado que também escrevia textos, filmes e peças denunciando as causas da pobreza e da injustiça. Os textos, filmes e peças desse texugo muito pobre e injustiçado eram chatíssimos, confusos e cheios de lugares-comuns, mas como ele era um texugo muito pobre e injustiçado, as pessoas liam os textos, assistiam aos filmes e às peças chatíssimos e confusos e cheios de lugares-comuns e saíam dizendo mil maravilhas umas pras outras e mais tarde descansavam a cabeça em travesseiros de plumas acreditando terem feito alguma coisa contra a pobreza e a injustiça.

Era uma vez um texugo muito rico e mordaz que percebia a chatice, a confusão e os lugares-comuns nos textos, filmes e peças do texugo muito pobre, injustiçado e sem talento. O texugo muito rico e mordaz escrevia posts jocosos no Facebook denunciando o outro como uma grande fraude. Metade dos seguidores do texugo muito rico e mordaz comentava "KKKKKK!!!" nos posts jocosos e ficava aliviada porque, se o texugo muito pobre e injustiçado era um embuste, toda tentativa de denunciar a pobreza e a injustiça era também um embuste e o melhor a fazer era descansar a cabeça sobre travesseiros de plumas e pensar em assuntos mais agradáveis que pobreza e injustiça. A outra metade dos leitores do texugo muito rico e mordaz o desacreditava, porque ele era muito rico e mordaz e reafirmava nos comentários dos posts jocosos seu amor pela obra chata, confusa e cheia de lugares-comuns do texugo muito pobre e injustiçado. E é por essas e outras que os texugos tão do jeito que tão — e há quem ache que o melhor mesmo é que venha logo um meteoro e acabe com essa confusão de uma vez por todas.

8 de março de 2015

Repente do desmantelo

Bom dia, eleitor da Dilma
Bom dia, eleitor do Aécio
Para a minha pobre rima
Segundos de paz lhes peço

A política eu ignoro
De finanças, nada sei
Mas algo parece claro
O país não anda bem

Não é caso para pranto
Nem caso pra desespero
Mas esfumou-se o encanto
Disseminou-se um mau cheiro

Governo pisou na bola
Estamos em recessão
Malandro levou por fora
No esquema do Petrolão

Bandido, vá pra cadeia
Canhestro, perca o emprego
E o povo bata panela
Numa sessão descarrego

Bobagem gritar: "Coxinha!"
Inútil culpar a elite
Dizer: "Ó lá, ó a vizinha!
Batendo sua Le Creuset!"

Se houve, sim, roubalheira
E foram por via errada
Pode reclamar quem queira
Doutor, perua, empregada

Agora, amigo leitor
Vire o ouvido pra mim
Muito cuidado com o andor
Que o santo é de barro, sim

Tem, sim, paneleiro honesto
Batendo sua Tramontina
Mas tem brucutu funesto
Tramando ideia ladina

O lobo virou cordeiro
Serpente posa de amiga
Mas isso é tudo gaiteiro
Querendo encher a barriga

Viúva da ditadura
Ladrão, PMDB

Babam, tamanha fissura
De tomar logo o poder

Os Afanasios Jazadjis
Tão levantando da tumba
Os sultões, as Sherazades
Ah! Tão dançando hula-hula

A Bíblia (em leitura rasa)
Fez a tacanha união
Com a "bancada da bala"
Pregando a lei de talião

Querem — ai! — mandar rever
Maioridade penal
E proibir na tevê
O beijo homossexual

Não é só o ódio ao PT
(Embora achem um acinte)
Desejam retroceder
Pra antes do século XX

Brigam tucanos, PT
E o Brasil é testemunha
Vendo o triste alvorecer
Do trevoso Eduardo Cunha

A burrice do Fla-Flu
Arruína os brasileiros
E empluma um velho urubu
Chamado Renan Calheiros

Em coisa de poucos anos
Com este joguinho avaro
Nasceram Felicianos
Medraram os Bolsonaros

Os dois partidos irmãos
Nutridos do mesmo sal
Em vez de darem as mãos
Se fazem Caim e Abel

Se liga, eleitor da Dilma
Se liga, eleitor do Aécio
Se o troço tá ruim assim
Assado, vai ficar péssimo

                          5 de abril de 2015

O último a sair

Desde os longínquos anos 80 do século passado, quando perigava do Lula ganhar as eleições presidenciais, a direita brasileira ameaça deixar o país. Segundo apregoava o então presidente da Fiesp, Mario Amato, em caso de uma vitória petista, oitocentos mil empresários picariam a mula: "O último a sair, por favor, apague a luz do aeroporto", teria dito.

Neste segundo mandato de Dilma Rousseff, o projeto da diá$pora voltou com tudo. Pelo que leio e ouço por aí, tem mais rico brasileiro se mudando pra Miami, hoje, do que turista japonês tirando foto da *Mona Lisa* no Louvre.

Acho curioso. Se alguém deveria estar contente com o estado das coisas, é a direita. Os índices de aprovação da presidente são os mais baixos da história, o Congresso quer rever o Estatuto do Desarmamento e diminuir a maioridade penal, já disse que não vai tocar no tema do aborto e tenta retroceder nas conquistas LGBTQIAP+, Bolsonaro & Feliciano fazem mais sucesso do que Chitãozinho & Xororó e a PM que desce o sarrafo em professores e mata criança com tiro de fuzil é aplaudida em passeatas "ordeiras" e "pacíficas". Se eu fosse de direita, não estaria pensando em fugir pra Miami, mas em construir uma Disney lá pros lados de Barueri.

Quem tem motivo para se arrastar por aí chutando tampinha e rosnando pra lua somos nós, companheiros, que colamos o adesivo "opтei" em nossos Chevettes, lá por 1987, nós que cantamos o "Lula Lá" como se fosse um "Abre-te, Sésamo!" para Shangri-La, achando que o PT iria levar pão, poesia, matemática e tomografia para cada brasileiro. Que tristeza: apostamos num partido fundado por Sérgio Buarque de Holanda e Chico Mendes para fazer "dessa vergonha, uma nação", como cantou Caetano Veloso, e, hoje, nossa expectativa mais otimista são alguns quilômetros de ciclovia.

É preciso reagir, meus caros. É preciso tirar da direita as rédeas da história. É preciso dar um passo à frente e dizer: péra lá, não são vocês que vão embora, com seus jacarezinhos no peito e Rolex no pulso, somos nós, com nossas pochetes na cintura e barbas por fazer! Chega de tentar tirar o gigante adormecido do seu berço esplêndido. (Aliás, um gigante de quinhentos anos que ainda dorme em berço, já era para termos nos tocado, tem algum problema bem sério.) Chega de querer construir um país do zero: nos mudemos, de mala e cuia, para um que já esteja pronto.

Para onde vamos? Pra Miami? Evidente que não. Vamos para outra cidade onde a língua também é o espanhol, mas num país cujo governo é — verdadeiramente — de esquerda, a maconha é liberada, o vinho é de primeira, a carne é estupenda e o maior defeito, ao que parece, é fazer fronteira com o Brasil. Estou falando, claro, do Uruguai.

Se o Haddad perseverar e o MP parar de encher o saco, talvez consigamos ir de bicicleta até o porto de Santos, de onde seguiremos, em comboio, de pedalinho, rumo ao éden cisplatino. Às margens do Prata, fundaremos a nova Colônia Cecília, requereremos nacionalidade uruguaia, e, ao recebê-la, sob o radioso sol de nossa alviceleste bandeira, brindaremos com tannat, simultaneamente, duas tão sonhadas conquistas: um país justo e a Copa de 50.

O último a sair, por favor, acenda o baseado.

3 de maio de 2015

Insensatez

Quinta à noite, desanimado, o pensamento tropicando pela vasta terra de ninguém surgida entre as fileiras do Petrolão e as trincheiras do Golpão, botei meus fones no ouvido e saí pra correr. Não tinha dado três passos e o *shuffle*, este pequeno exu eletrônico cuja missão, nas entranhas metafísicas do microchip, é brincar com nossos humores, mandou "Inútil", do Ultraje a Rigor.

O *shuffle* sabe das minhas inclinações políticas, conhece meus estados de espírito — do contrário, não poderia montar playlists que manipulam, com tanta maestria, os batimentos do meu coração. Foi só pra tripudiar, portanto, que neste momento em que espremo o bagaço da esperança atrás das últimas gotas de glicose, ele me joga esta pá de cal (engraçada, vá lá, mas de cal, mesmo assim) em qualquer possível fé no futuro. O pior é que ando me sentindo tão 7 × 1 que, em vez de repudiar os versos, apertei o passo e saí trotando conforme a música, amaldiçoando de Cabral às cabriolas do Eduardo Cunha, mandando às favas tudo o que se passou no meio.

Já estava quase decidido a ir correndo pra Vladivostok, pra

Pasárgada ou pro beleléu, quando o *shuffle* — que, como todo exu, é dado a oscilações súbitas — resolveu me resgatar das profundezas do pessimismo, emendando "Inútil" com "Insensatez", do Tom Jobim — se não morri de embolia na subida instantânea, foi por milagre.

Tom Jobim sempre teve o poder de restaurar a minha fé no Brasil — e, de quebra, na humanidade. Eu posso estar no semiárido nordestino ou na pleniárida Santo Amaro: vem uma lufada de brisa fresca direto do Jardim Botânico, somem a seca e os fios elétricos, o Borba Gato e os urubus, ouço uns passarinhos cantando e vejo uma água cristalina — não sei se é um riacho na Floresta da Tijuca ou um gim-tônica na mão do Vinicius de Moraes. E eu que era triste, descrente deste mundo, em dois acordes já me esqueci do Eduardo Cunha, ignoro por completo o que seja um pixuleco, estou caminhando sob chapéus de sol, descalço, ou sentado no Antonio's, entre a Tônia Carrero e a Leila Diniz.

Vinicius — "o branco mais preto do Brasil" — deve ter seus contatos com a entidade do iPod, pois ouviu meus pensamentos e conseguiu se meter logo depois do amigo Tom, puxando um "Canto de Ossanha", acompanhado por Baden Powell. A partir daí, o exu Monta Lista se empolgou e me brindou com um coquetel levanta defunto de música popular brasileira: mandou "Umbabarauma", do Jorge Ben, "Do Leme ao Pontal", do Tim Maia, "Back in Bahia", do Gil, "1 × 0", do Pixinguinha, "Menina, amanhã de manhã", do Tom Zé, "Sonífera ilha", dos Titãs, "Nine Out of Ten", do Caetano, e, depois de mais uns dez hits da mesma estirpe, chamou o Vinicius de novo pra declamar "O dia da Criação": "Hoje é sábado, amanhã é domingo".

Não era sábado. Era quinta. Na TV, o governo tentava ocultar os próprios erros. Pelas janelas, brasileiros batiam panela, muitos deles ansiosos para punir tais erros com erros ainda maiores, mas eu não escutava nada daquilo, eu só ouvia os sábios conselhos do exu binário. Quando parei de correr, suado, exausto e quase tranquilo, ele fechou a noite com um pequeno milagre umbandofônico: saltou sozinho da pasta "MPB" pra pasta "Jazz" e me brindou com "Here Comes the Sun", na voz de Nina Simone.

A noite tá escura, pessoal, mas há de clarear.

9 de agosto de 2015

Por quem as panelas batem

Temos toda a razão de bater panelas quando a presidente aparece na TV dizendo que a culpa por nossa pindaíba é da crise internacional. Mas por que não batemos panelas quando Eduardo Cunha, o líder dos "black blocs" brasileiros, vândalo que faz política com pedras, bombas e coquetéis molotov, vai em rede nacional dizer que trabalha "para o povo", "sempre atento à governabilidade do país"?

Temos toda a razão de bater panelas contra a corrupção da Petrobras. Mas por que não batemos panelas contra o mensalão mineiro ou o cartel do metrô paulistano? Por que não batemos panelas contra a compra de votos para a reeleição do FHC? Por acaso pagar apoio na Câmara é mais grave do que pagar emenda na Constituição?

Temos toda a razão de bater panelas contra o retrocesso econômico de 2015. Mas como podemos não bater panelas contra o anel de pobreza que desde sempre engloba as metrópoles brasileiras, essa Faixa de Gaza de tijolo aparente, essa Cabul de laje batida onde se amontoa boa parte da população?

Temos toda a razão de bater panelas quando o governo se cala diante dos descalabros venezuelanos e da ditadura cubana. Mas por que não batemos panelas diante do fato de nosso principal parceiro comercial ser a China, maior ditadura do planeta? O tofu que alimenta aquela tirania é feito com a nossa soja e os fazendeiros, ruralistas e empresários que acusam a "venezualização" do Brasil são os mesmos que lucram com o dinheiro comunista. Ninguém bate *woks* por causa disso?

Temos toda a razão de bater panelas contra o estelionato eleitoral do PT. Mas por que não batemos panelas contra o estelionato eleitoral do PSDB, que elege repetidamente um governador tipo "gerente", prometendo "e-fi-ci-ên-ci-a" em cada sílaba, mas coloca São Paulo à beira do "co-lap-so-hí-dri-co"? Um cristão cuja polícia participa, não raro, de grupos de extermínio na periferia. Esta semana, foram dezoito chacinados em Osasco e Barueri. Imagina se fosse no Iguatemi? E o estelionato das UPPs, no Rio, que prometem paz, mas torturam um cidadão até a morte e somem com o corpo?

"Não, não, isso não! Me mata, mas não faz isso comigo!", gritava o Amarildo, segundo um policial que testemunhou a barbárie, dentro de um contêiner. Como pode a nossa maior preocupação em relação ao Rio, hoje, ser com a qualidade das águas para as Olimpíadas de 2016? Cadê o Amarildo? Cadê as panelas?

Temos toda a razão de sair pra rua, neste domingo, para protestar contra a incompetência, a corrupção e a burrice do governo. Mas por que não sair pra rua para protestar contra a incompetência, a corrupção e a burrice do país como um todo? Um país que mata seus jovens, sonega impostos, polui, compra carteira de motorista, licença ambiental, alvará, dirige pelo acostamento, estupra, espanca e esfaqueia mulher (mas retira a discussão de gênero do currículo escolar), um país onde os negros correspondem a 15% dos alunos universitários e a 67% da população carcerária.

Esse ódio cego, essa parcialidade hipócrita, esse bombardeio cirúrgico que pretende eliminar o PT — e só o PT — para "libertar o Brasil", empoderando Renan Calheiros e Eduardo Cunha, não é o desabrochar da consciência cívica, é mais um fruto da nossa incompetência, mais uma vitória da corrupção. Palmas para a nossa burrice.

16 de agosto de 2015

Trânsito

"E agora, trânsito! Alan Zucchini, é com você!" "Alô, Ludmila, trânsito complicado hoje na capital, seis e catorze da tarde, tamos aí com mais de quinhentos quilômetros de engarrafamento. Vamos sobrevoando agora a região da avenida Paulista, onde um grupo de trezentos manifestantes protesta contra a última chacina, aí, do fim de semana, que matou quinze pessoas em Jandira. As três faixas sentido dr. Arnaldo completamente fechadas." "Eita ferro, todo dia, agora, hein, Alan? É chacina, é professor, é sem-teto, é sem isso, sem aquilo! Gente, quer protestar? Legal, mas precisa parar o trânsito? Faz corrente no Facebook! Grupo de zapzap!" "Haha! É isso mesmo, Ludmila." "Pelamor! Que mais, Alan?" "Zona Leste: pra quem pega a Radial, o trânsito também vai embaçado, aí, no sentido bairro, com uma pista interditada por causa de um acidente envolvendo uma betoneira e um motoboy. Parece que o motoboy, infelizmente, veio a falecer." "Infelizmente. E continua na pista, o corpo, Alan?" "Pela informação que a gente tem aqui, continua sim, Ludmila, tá esperando a chegada da perícia pra liberar." "Gente, vê se pode uma coisa dessa? Todo dia morre motoboy em São Paulo! Todo dia! E não tem como agilizar essa perícia? Não tem condição, cada moto que cai, travar a cidade inteira!" "Pois é." "Que mais, Alan? Só notícia ruim, hoje?" "Não tá fácil, não, Ludmila. A marginal Pinheiros tá bloqueada na altura da ponte estaiada por causa de uma situação com reféns num ônibus escolar, parece que tem um homem ameaçando explodir uma bomba dentro do ônibus." "Tragédia! Situação com refém na ponte estaiada, na hora do rush, quer dizer, pega a Bandeirantes, a Berrini, a Roberto Marinho, trava geral ali! Vamos torcer pra não morrer ninguém, senão, amanhã já viu, lá vai todo mundo fechar a Paulista de novo!" "Vamos torcer. Agora, o trânsito tá ruim mesmo é no Morumbi, Ludmila. Um incêndio em duzentos barracos na favela de Paraisópolis tá praticamente fechando a Giovanni Gronchi, parece que os moradores da comunidade tão inclusive invadindo as pistas fugindo do fogo, tá um caos aquilo ali." "Que absurdo! Um perigo pros motoristas, isso, imagina, atropelar alguém? Perigo até, aí, de assalto, arrastão. Cadê a polícia nessas horas, Alan?" "A tropa de choque já chegou, Ludmila, tão usando gás lacrimogêneo e bala de borracha pra direcionar o pessoal de volta pra comunidade." "E o fogo?!" "Tranquilo, o fogo não chega na pista, é só nos barracos mesmo, sem perigo pros motoristas." "Ainda bem. Bom trabalho da nossa polícia, olha aí, todo mundo critica tanto, nessas horas a gente tem que aplaudir. Mais alguma coisa, Alan?" "Opa, tá chegando aqui uma última notícia: parece que um cachorrinho foi atropelado na pista expressa da marginal Tietê, perto ali do Cebolão." "Ai, Alan, que horror! É grave?" "Ainda não tenho a inf... Ah, tem sim, parece que é uma cadelinha, uma cadelinha da raça pug, tá? O nome dela é Valkíria e, no caso, ela se encontra desacordada, enquanto vários motoristas ali prestam os primeiros socorros." "Alô, prefeito, cadê o Samu? Cadê o Águia, governador? Ninguém faz nada?! Só orando mesmo, Alan, vamos orar, vamos ter fé em Deus, que Deus vai ajudar a Val a sair dessa!" "Amém, Ludmila!" "Amém!"

4 de outubro de 2015

Numa escola ocupada

Nós fomos falar de literatura, mas esperávamos que a discussão migrasse para a proposta de fechamento das noventa e duas escolas estaduais em São Paulo, o impeachment, a crise hídrica e outros temas espinhosos do noticiário. No entanto, a conversa que eu e os amigos escritores Fabrício Corsaletti, João Paulo Cuenca, Chico Mattoso e Paulo Werneck tivemos com os alunos de uma das cento e noventa e seis escolas ocupadas, no último domingo, não poderia ter sido mais diferente do que imaginávamos.

"Alckmin" foi pronunciado uma vez só — e por mim. A política, nesse sentido menor, mesquinho, que vem sendo praticado pelo país nos últimos quinhentos e quinze anos, passou longe e a literatura foi apenas o veículo que nos levou ao que realmente interessava: a Política com P maiúsculo, no sentido que os atenienses deram ao termo dois mil e quatrocentos anos atrás e que estes alunos e alunas da rede pública vêm resgatando desde que entraram em suas escolas de manhã cedinho, há quatro semanas, e não saíram mais.

Dormem por lá, cozinham, tomam banho, fazem faxina,

reparam infiltrações e recebem mais atividades extracurriculares, nestes trinta dias, do que em toda a vida escolar. "A gente nunca tinha tido um debate aqui", disse uma das alunas. "Esse ano, todo mês eu tentava trazer alguém, mas a diretora proibia." Desde a ocupação, com a ajuda de voluntários, organizaram shows, aulas de geografia, física, culinária, ioga, dança, teatro, improvisação, quadrinhos, música, debates sobre dívida pública, questões de gênero — e a lista continua.

Em uma hora e meia, não ouvimos nenhum desses clichês de Facebook sobre a roubalheira petralha ou a privataria tucana. As questões saltavam o estéril Fla-Flu e aterrissavam no solo bem mais fértil da experiência cotidiana. "A gente só teve poesia no terceiro colegial, pro vestibular." "Os professores entram, botam tudo na lousa e acabou." "A diretora fica vários meses viajando e, quando aparece, não tá nem aí." "Encontramos três mesas de som, tela, tinta, um monte de papéis a que a gente não tinha acesso."

A ocupação começou contra a proposta de fechamento de noventa e duas unidades de ensino (já adiada pelo governo), mas no processo os alunos descobriram questões mais importantes. Que as escolas não precisam ser ruins. Chatas. Abandonadas. Que "público" não é do governo e tampouco de ninguém, mas deles. Aprenderam, por si sós — "fazendo arroz pra cem negos" e decidindo, em assembleia, se o cigarro seria ou não liberado lá dentro (não) —, talvez a lição mais importante que se pode levar da escola: que são donos dos próprios narizes e responsáveis pelo mundo em que vivem. Agora, se perguntam: se com pouca idade e experiência eles conseguem administrar aquele espaço tão bem, por que o estado mais rico da oitava economia do mundo não consegue?

No fim do papo, uma garota do terceiro colegial nos falou: "O que eu mais queria era tá no primeiro, pra poder estudar três anos nessa escola do jeito que ela vai ser daqui pra frente, depois da ocupação". Me deu um baita nó na garganta: ainda não sei se foi pela esperança que essa experiência me traz num momento tão trevoso da história nacional ou se pela tristeza de ver que a única resposta que o país parece ter para os anseios destes meninos é soco, cassetete, bomba e gás lacrimogêneo.

13 de dezembro de 2015

2016

2016

Eis então que, na noite da virada, me aparece em sonho uma figura toda estropiada, coberta de hematomas, seu corpinho esquálido mal dando conta de segurar os andrajos. Naquele furta-cor emocional dos sonhos, o pobre-diabo aparentava ao mesmo tempo ser um velho amigo e um desconhecido. "Quem é você?" Com um fiapo de voz, ele sussurrou: "Sou 2016".

"2016?! Que aconteceu? Você nem começou, já tá nessa situação?" "É que eu venho de 2015, meu filho. Eu sou 2015! 2015 rebatizado. *Rebatizado*, ouviu bem? Não recauchutado, nem remasterizado: re-ba-ti-za-do!" A euforia levou o ano a um acesso de tosse do qual pensei que não fosse sair vivo, mas saiu, vivo e sedento: "Será que você podia me arrumar um copo d'água?". "Claro. Gelada ou natural?" "Natural. Se eu pegar uma gripe, não chego a 2017. E, se não for pedir muito, uma bebidinha ia cair bem."

Corri para a sala. Achei meia garrafa de uísque sobre a mesa, junto aos restos da ceia. 2016 surgiu capengando pelo corredor, botou seus olhos famintos no pernil e tive que lhe servir um prato. Depois de banquetear-se, tomar três doses e ouvir deste esforçado cronista algumas piadas ruins sobre a "voracidade do tempo" — eu só tava tentando descontrair... —, o ano desabafou.

"É muita pressão, meu filho. É expectativa demais nas minhas costas. O governo acha que eu vim salvá-lo. A oposição quer que eu venha redimi-la. E o PMDB?! Só se eu dedicasse meus trezentos e sessenta e seis dias... Mas como eu poderia dedicar meus trezentos e sessenta e seis dias ao PMDB, em ano de Olimpíada? O Dunga quer que eu faça o Brasil esquecer o 7 × 1. O Comitê Olímpico do Brasil quer que eu bata o recorde nacional de medalhas. Tudo na última hora. Tivessem falado comigo quando eu me chamava 2002, 2003, mas não. Chegam esbaforidos, agora: '2016, medalhas!', '2016, crescimento!', '2016, impeachment!', '2016, sangue!', '2016, paz!'. Ah, que ingênuos vocês são! Eu não posso nada disso, sabe por quê?" "Por quê?" "Porque eu não existo!" "Bom, eu tô te vendo." "Isso é um sonho!" (De fato, mesmo sem existir, 2016 estava coberto de razão.) "Eu sou um número no calendário. Rabiscos na areia da praia. Um post-it colado no vento. Veja só: às 23h59 de 2015 um sujeito jogou um moeda do alto do Martinelli. Quando deu o primeiro segundo de 2016, ela estava a meio caminho do chão. Sabe o que aconteceu com a moeda?" "O quê?" "Nada, pombas! Continuou caindo!"

2016 se serviu de mais uísque. "Eu não entendo vocês. Quando vocês fazem aniversário, vocês ficam mais sábios? Vocês imediatamente se dão conta da finitude e da urgência e da inutilidade e da beleza de tudo?" "Acho que não." "Então por que vocês esperam tanto de mim? A Terra vai continuar girando, passando pelo mesmo lugar de sempre, em torno do mesmo Sol. Posso pegar umas lichias?" "Por favor." "Outro dia, um grego disse que um homem nunca entra duas vezes no mesmo rio, porque da segunda vez já não é o mesmo homem nem o mesmo rio." "Heráclito." "É. Esse aí. Uma besta quadrada! É sempre o mesmo homem, sempre o mesmo rio, sempre eu, igualzinho." Dito isso, 2016 matou o uísque num gole, soltou um arroto formidável e saiu trôpego pela madrugada, rumo a fevereiro, já no ponto pro Carnaval.

3 de janeiro de 2016

Carta a Beatriz

Cara Beatriz: na última terça, 8, você escreveu aqui pro jornal se dizendo espantada com a minha crônica de domingo, 6. "Após uma semana de fatos surpreendentes na política", "num momento tão importante para uma boa análise", um de seus "colunistas preferidos" havia se saído com um texto "bobo e sem propósito".

Fico feliz por me citar entre seus "colunistas preferidos", mas me pergunto se o elogio foi sincero ou só uma gentileza. Afinal, quase toda semana o Brasil nos brinda com "fatos surpreendentes na política" e quase todo domingo, em vez de uma "boa análise", publico textos que poderiam ser considerados bobos e sem propósito.

Não o faço por desvio de caráter nem para irritá-la, Beatriz, mas por dever de ofício. O cronista é um cara pago para lubrificar as engrenagens do maquinário noticioso com um pouco de graça, de despropósito e — vá lá, por que não? — de bobagem. Minha função é lembrar o leitor desolado entre bombas na Síria, tiros na Rocinha e patacoadas em Brasília que este mundo também comporta mangas maduras, Monty Python, Pixinguinha.

O Rubem Braga atravessou duas ditaduras e seu maior libelo à liberdade não é um texto contra o pau de arara, mas uma carta/crônica ao vizinho que havia reclamado do barulho. O AI-5 podou direitos políticos e a liberdade de expressão, mas não impediu que continuassem a brotar trocadilhos da pena do Millôr Fernandes. (Afinal, como ele mesmo disse, "a justiça farda, mas não talha".) Se você achou as minhas piadas infames, tá legal, eu aceito o argumento, mas se a crítica é por ter feito piada num momento crítico eu não acolho; *that's my job*.

É verdade que nem sempre sou um funcionário exemplar. Às vezes a vontade de comentar o noticiário é mais forte do que eu e fraquejo: acabo dando meus pitacos. Sobre a semana passada, contudo, sobre esta e os últimos meses, não tenho muito o que dividir contigo além da minha perplexidade e da minha tristeza.

Dizem que vivemos um Fla-Flu. Quem dera! Saudades dos tempos em que havia dois times e eu sabia para qual torcer. Hoje, em que arquibancada vou me sentar? Da Dilma e do PT, que mentiram e quebraram o país para se reeleger? Do PSDB, que varre chacinas para debaixo do tapete estatístico e vota pautas-bomba para apressar o impeachment?

Pra ser franco, nem entendo direito que campeonato está sendo jogado. O que é a Lava Jato, por exemplo? É uma ação imparcial para acabar com a corrupção generalizada entre nós ou uma revanche classista, visando punir os ilícitos apenas de um lado? E se for uma revanche classista para punir ilícitos apenas de um lado, isso por acaso perdoa os ilícitos cometidos por tal lado? Estamos vivendo um momento catártico, tirando esqueletos seculares do armário? Ou voltando na história, fortalecendo os eternos donos do poder e seus velhos capitães do mato?

Não sei, realmente. Às vezes sou flá, às vezes sou flu, mas na maior parte do tempo vaio os dois times e procuro no horizonte, sem sucesso, um Botafogo ou um Vasco que venha resgatar a minha esperança no ludopédio político. Lamento, Beatriz, mas atualmente a única "boa análise" que tenho sido capaz de fazer é às quintas, às três da tarde, deitado num divã na rua Apiacás — e nem sempre é assim tão boa.

Um abraço.

13 de março de 2016

Crítica e autocrítica

Nas últimas semanas venho compartilhando posts, dando likes em textos e subscrevendo abaixo-assinados clamando por respeito às leis e à democracia. São documentos produzidos por pessoas de esquerda que veem com medo e repulsa a parcialidade do Judiciário, os "white blocs" pedindo "meu país de volta!" em frente à Fiesp, a sombra auriverde de 1964 projetada por Jair Bolsonaro erguido nos ombros da multidão.

Compartilho e assino embaixo porque concordo com cada linha desses textos, mas venho ficando cada vez mais aflito com as linhas que faltam — aquelas em que a esquerda admitiria que o governo Dilma é um desastre, que é o principal responsável pela crise e que também afronta as leis e a democracia.

É revoltante ver que Eduardo Cunha, "usufrutuário" não apenas de dinheiro sujo na Suíça como de foro privilegiado e da cumplicidade silenciosa da oposição, esteja livre e conduzindo o processo de impeachment em nome da moral e do cuidado com a coisa pública, enquanto o Lula, por muito menos, foi posto num camburão da PF e teve seus grampos divulgados para toda a imprensa. (Divulgação que, se por um lado visava ligá-lo a atos ilícitos, por outro servia para alimentar o ódio classista: "vejam só, ele fala palavrão!", "fala como um peão!", "tem alma de pobre!".)

O.k., mas a parcialidade, a ilegalidade do Judiciário e o ódio classista não podem ser usados pela esquerda para negligenciar os estimados quarenta bilhões de reais roubados da Petrobras durante os anos do PT. Nem para negar a recessão a que políticas econômicas canhestras nos levaram. Nem justificar a "Bolsa Empresário" que despejou bilhões de reais pelo ralo do BNDES.*

Se aqueles que, como eu, se identificam com muitos ideais da esquerda fizermos vista grossa pros descalabros petistas, não teremos moral para acusar o Ministério Público de fazer vista grossa para os descalabros da oposição.

Outro dia um amigo veio me dizer que a autocrítica da esquerda era fundamental, mas que agora não era o momento. Acho que ele se equivoca não só eticamente como taticamente. Eticamente, é claro, pois não existe nenhum momento em que possamos compactuar com o crime, a burrice e a incompetência.

E taticamente, pois o silêncio da esquerda em relação aos crimes, às burrices e incompetências durante o tempo em que o PT está no poder passa a ideia de que a esquerda compactua com a corrupção e o malfeito, de que a corrupção é um mal da esquerda, só da esquerda, e que eliminar a esquerda, por meios legais ou ilegais, é o Emplasto Brás Cubas que sanará todos os males de nossa melancólica humanidade — é esse o pensamen-

---

* Ver: Leandra Peres, "O aviso foi dado: pedalar faz mal", *Valor Econômico*, 11 dez. 2015. Disponível em: <valor.globo.com/eu-e/coluna/o-aviso-foi-dado-pedalar-faz-mal.ghtml>. Acesso em: 10 ago. 2022; e Consuelo Dieguez, "O ralo", *piauí*, ed. 109, out. 2015. Disponível em: <piaui.folha.uol.com.br/materia/o-ralo/>. Acesso em: 22 jul. 2022.

to que põe a classe média diante da Fiesp e o Bolsonaro nos ombros da multidão.

Sim, há um golpe em curso: um Congresso podre, capitaneado por sua figura mais nefasta, Eduardo Cunha, move um processo de impeachment, em nome da legalidade, para entregar o país nas mãos da Cosa Nostra tupiniquim, o PMDB. (E o PSDB, cujos escândalos de corrupção e citações nas delações, curiosamente, escapam como peixes ensaboados das mãos do Judiciário, já discute a participação no governo futuro.) Mas diante do panorama de absurdos de todos os lados, o brado "Não vai ter golpe!" parece não dar conta da complexidade da situação.

27 de março de 2016

A solução para a crise

É começar a fumar. Ou, se você como eu é (era) um ex-fumante, voltar a fumar. Basta um trago ou dois e todos os seus neurônios se erguerão em ola na arquibancada craniana, recepcionando eufóricos o saudoso veneno e deixando de lado, por alguns instantes, o 7 × 1 a que assistimos diariamente dentro do campo. Se você nunca fumou, precisa insistir um pouco. Um maço. Dois. Três, no máximo. Depois do quarto, seu córtex já vai estar inquieto (a nicotina e a Philip Morris não brincam em serviço): cadê aquela substância que tava aqui?

Eu não punha um cigarro na boca havia quinze anos. Aí, em algum momento entre a eleição do Eduardo Cunha e a inflada do pixuleco, me vi com um Marlboro na mão. De início, fiquei triste. Senti que era uma derrota. Um recuo. Uma queda. Mas, com o agravamento da crise política, social, cultural, moral, mental et cetera e tal, fui percebendo as vantagens da minha idiotice.

O cigarro é um abraço de bolso, um travesseiro portátil, uma cortina de fumaça instantânea, como aquelas granadas de nuvem colorida que os ninjas jogam no chão para desaparecer nos velhos filmes B da televisão. Basta acioná-lo para nos isolarmos do mundo — e existe momento melhor para nos isolar do mundo?

O *Jornal Nacional* divulga grampos de Lula, batem panelas: fumo um cigarro. Policial mata criança com tiro de fuzil, não batem panelas: fumo um cigarro. Meu tio Arnoldo, que votava no Maluf, que comprou a carta de motorista, que aplaudiu o massacre do Carandiru, posta no Facebook "agora esse país vai pra frente!": fumo um cigarro.

O jornaleiro fala "tinha é que fuzilar esses petistas": compro o cigarro, abro o cigarro, fumo o cigarro. O cigarro é um botão de pause: largo o computador, saio do restaurante, dou uma volta no quarteirão e ali ficamos nós, eu e o Marlboro, sem pensar em nada, num silêncio de cumplicidade, como um homem com seu cachorro — ele é o homem, eu, o cachorro.

O cigarro é a droga mais estúpida de todas. O álcool é uma canção de ninar para o superego. A cannabis, como descreveu Baudelaire, faz com que todas as coisas pareçam fora do lugar sem ter se movido um milímetro. A cocaína nos coloca acima do céu. O LSD transforma um amendoim no globo terrestre e o globo terrestre no globo ocular e você e o amendoim e o globo ocular na mesma coisa linda e louca e azul e rosa e luz e som e vida e *ahh!* Já o cigarro cumpre a única função de sanar a aflição da sua ausência. É sarna que arrumamos para nos coçar. Necessidade. Satisfação. Necessidade. Satisfação. (E falta de ar e tosse e fedor.) Mas, enquanto estamos envoltos em seu ciclo idiota, como um ratinho correndo na roda, nada mais nos importa.

Haverá impeachment? Eduardo Cunha se livrará e passará o resto dos seus dias comendo chocolate Lindt? Um acordão parará a Lava Jato assim que o PMDB assumir? A próxima pauta progressista aprovada no Congresso será em 2167? O que fazer neste momento terrível da história nacional? Não sei. Vocês que resolvam. Eu vou ali fumar um cigarro. (E em meados de abril, quando rolar o impeachment e o Comando de Caça aos Comunistas estiver invadindo peças de teatro para espancar os atores, não sofrerei tanto, pois terei questões pessoais muito sérias a resolver: estarei parando de fumar.)

3 de abril de 2016

Torto, por linhas tortas

Mark Twain disse não se espantar com o fato de a realidade ser mais estranha do que a ficção, já que a ficção tem que fazer sentido. Uma história deve ter personagens e conflitos coerentes com o universo criado, evoluindo através de uma relação de causa e efeito até chegar a um clímax ao mesmo tempo surpreendente e inevitável.

Rick parece um homem cínico que só quer tocar o seu bar em Casablanca, sem resvalar nas turbulências da política e do amor. Mas eis que entra no boteco a belíssima Ilsa Lund, e descobrimos que Rick é um ex-combatente da Resistência francesa que teve o coração partido por ela. O encontro reacende a chama política e amorosa, e no fim Bogart, o falso descrente, tem que optar entre fugir nos braços da Ingrid Bergman ou sacrificar o romance para ajudar na luta contra o nazismo.

Se na última cena, no aeroporto, Rick matasse os nazistas com raios laser lançados pelos olhos ou o filme virasse um musical tipo *Todos dizem eu te amo*, do Woody Allen, o público vaiaria — a ficção precisa fazer sentido.

Já a realidade não tem pé nem cabeça. O acaso tem um peso descomunal, infinitas causas interagindo podem resultar em infinitos efeitos, musicais viram terror, Godard descamba pra Pernalonga, personagens agem de modo contraditório, Woody Allen é acusado de pedofilia e Ingrid Bergman — vai saber? — ainda pode aparecer na Lava Jato. Tenho pensado muito sobre o enredo troncho da vida olhando para o filme estranhíssimo que leva de junho de 2013 a abril de 2016.

Em 13 de junho daquele ano, em São Paulo, cinco mil manifestantes de esquerda protestam contra o aumento de vinte centavos nas tarifas do transporte público. A Polícia Militar desce o sarrafo. Os celulares filmam a violência.

Dia 17 de junho, cem mil pessoas de esquerda, de direita, de cabeça, de canela, bicicleta, bunda e calcanhar saem às ruas de São Paulo. Algumas em solidariedade aos manifestantes do dia 13. Outras contra o governo Dilma. Outras contra o governo Alckmin. Uns com camisa do PT, outros com camisa da Seleção. Uma parte da passeata vai protestar contra a Globo. Outra parte vai cantar o hino diante da Fiesp. De lá pra cá, a turma da Fiesp cresceu, o amarelo superou o vermelho, o MPL (Movimento Passe Livre) deu lugar ao MBL (Movimento Brasil Livre) e o que começou com a utopia de uma cidade para todos talvez termine com o país no bolso do PMDB.

Claro que não se pode ignorar os erros políticos e econômicos da Dilma, a corrupção, os caninos sempre afiados da oposição. Talvez, se não fosse por este caminho, o governo se esfacelasse por outro.

Mesmo assim, não consigo parar de pensar: e se não tivesse existido o aumento de vinte centavos? E se aqueles cinco mil não tivessem se manifestado? E se a polícia não tivesse descido o sarrafo? E se os celulares não tivessem filmado?

Bom, talvez assistíssemos a um governo péssimo, mas não à

tragédia dos últimos meses. Tragédia, digo, não no sentido grego, pois aquelas obras tinham que fazer sentido, como sabia Mark Twain e mais ainda Aristóteles, que explicou as regras da narrativa em sua *Poética*, 335 anos antes de Cristo dar o ar de sua graça e 2351 anos antes de Eduardo Cunha e Michel Temer darem o ar de suas desgraças, ajudando o Brasil a escrever, neste domingo, mais uma página do seu enredo torto, por linhas tortas.

17 de abril de 2016

Cinco centenas, mais cinco

Na última quinta-feira, 21, os repórteres Artur Rodrigues, Rogério Pagnan e Avener Prado publicaram no caderno Cotidiano uma matéria muito reveladora* sobre o Brasil atual, o Brasil de 1964, o Brasil colônia e, pelo andar da carruagem, provavelmente também sobre o Brasil de 2563.

Artur, Rogério e Avener foram na Justiça ver no que deram os assassinatos cometidos pelo PCC e por grupos de extermínio em 2006. Em maio daquele ano, a facção criminosa matou 59 pessoas em São Paulo (policiais, principalmente). Em resposta, homens encapuzados saíram pelas periferias e, em dez dias, assassinaram 505 civis. Sim, quinhentos e cinco. Cinco centenas, mais cinco. E como choramos desde então, como lamentamos, como nos contorcemos pelas vítimas — de Paris, de Bruxelas, de Nova York.

* Artur Rodrigues, Rogério Pagnan e Avener Prado, "As feridas de maio sem respostas", *Folha de S.Paulo*, Cotidiano, 21 abr. 2016. Disponível em: <http://arte.folha.uol.com.br/cotidiano/2016/04/20/as-feridas-de-maio/>. Acesso em: 10 ago. 2022.

Ana Paula Gonzaga tinha dezenove anos e estava grávida de nove meses. Eddie de Oliveira tinha 24 anos e uma passagem pela polícia, na adolescência, por furto. Trabalhava como garçom. No dia 15 de maio de 2006, o casal foi comprar leite na padaria. Um grupo de encapuzados desceu de um carro e os matou a tiros. Antes de morrerem, Ana e Eddie conseguiram arrancar o capuz de alguns dos criminosos, reconheceram policiais do bairro e gritaram seus nomes. O vigia de um posto, que presenciou o crime, foi executado horas depois. Duas outras testemunhas jamais foram procuradas pela investigação. "Filho de bandido, bandido é", uma delas contou ter ouvido, enquanto um policial dava um tiro na barriga de Ana. O parto estava previsto para dali a três dias.

Dos assassinatos investigados pelo Departamento de Homicídios e de Proteção à Pessoa (DHPP), 85,7% dos casos em que policiais eram as vítimas foram solucionados. Nos casos em que civis foram mortos, apenas 12,9%. Pela morte de todos os 505 civis (quinhentos e cinco. Cinco centenas, mais cinco), só três PMs foram processados. "Um recebeu a sentença de seis anos em regime semiaberto. Outro policial, condenado a 36 anos em regime fechado, continua trabalhando e faz patrulha na mesma área em que ainda vivem familiares das vítimas." O terceiro processo ainda está tramitando. O resto foi arquivado.

Quando vemos Jair Bolsonaro dedicar seu voto de impeachment a um torturador, muitos de nós acreditamos que ele seja um monstro. Uma excrescência. Um ponto fora da curva. Não é. O deputado mais votado do Rio de Janeiro, elogiando atos criminosos perpetrados pelo Estado, subscreve ações como as execuções de 2006, assim como boa parte da população brasileira. Principalmente — e isso é o mais chocante — a parte que acredita ser a mais esclarecida dessa população.

Como apontou Fernando Barros no blog da *piauí** ao analisar a última pesquisa do Datafolha sobre intenção de votos para presidente, "entre os que têm renda familiar mensal superior a dez salários mínimos (apenas 5% da população do país), Bolsonaro lidera a corrida presidencial. Em um dos cenários, chega a ter 23% das preferências dos eleitores mais aquinhoados".

Quinhentas e cinco pessoas assassinadas pela polícia em dez dias. Faz dez anos. Quinhentas e cinco. Cinco centenas, mais cinco — e não é que ninguém esteja nem aí, é pior: querem botar quem aplaude os assassinos na Presidência da República.

24 de abril de 2016

---

* Fernando de Barros e Silva, "Entre os mais ricos, Bolsonaro lidera corrida presidencial", *piauí*, 18 abr. 2016. Disponível em: <piaui.folha.uol.com.br/entre-os-mais-ricos-bolsonaro-lidera-corrida-presidencial/>. Acesso em: 10 ago. 2022.

Crônica em exercício

"Eu preparo uma canção/ Que faça acordar os homens/ E adormecer as crianças." Lembro desses versos do Drummond ao despertar no meio da madrugada com os rojões do impeachment. Não sei se tenho medo de que o barulho acorde as crianças ou faça adormecer os homens — ainda mais. Suspeito, porém, que desta canção escrita com pólvora não se possa esperar nada de bom.

Queria falar sobre outro assunto, tentei falar sobre outro assunto, mas qualquer tema soava bizarro na moldura desses dias. (Seria como estar num terremoto, dentro de um prédio desabando e comentar com o cidadão ao lado: "Parece que pro fim da tarde vai abrir um sol".) Talvez o sono também atrapalhe: passei a noite em claro ninando as crianças e velando o país. Agora, manhã de quinta, só versos do Drummond me (s)ocorrem. "Perdi o bonde e a esperança/ Volto pálido para casa./ A rua é inútil e nenhum auto/ passaria sobre o meu corpo."

Enquanto trabalho, deixo a TV ligada, sem som. Vejo todos aqueles velhos políticos se refestelando ou lamentando em Brasília e, por um momento, os enxergo transformados nos desenhos do Angeli. Srs. Rusgas e Drs. Rabujas, cinzentos e com mau hálito, fugindo da ficção e invadindo a realidade. Entre as nefandas caricaturas surgem também flashes do passado. Vejo o general Figueiredo montado em seu cavalo. Vejo Brilhante Ustra montado em Bolsonaro. Vejo Jânio montado em sua vassoura. Vejo José Dirceu montado em dinheiro. Um problema na TV faz a imagem congelar por um segundo e me dou conta de que estou diante de uma versão macabra da capa do *Sgt. Pepper's*, um resumo da ópera-bufa de meio século. Aqui e ali, entre corruptos, corruptores, bandeirantes e capitães do mato, avisto Chacrinha, Carmen Miranda, Pelé, Silvio Santos, Zé Bonitinho, Mazzaropi e a paquita Sorvetão.

A esta altura, já delirando, entendo que Drummond não dará mais conta do recado. Preciso de tarja preta. Apelo a Augusto dos Anjos: "Vês! Ninguém assistiu ao formidável/ Enterro de tua última quimera./ Somente a Ingratidão — esta pantera —/ Foi tua companheira inseparável!".

Volto a olhar para a televisão e por um momento acho que minha filha mudou pro Cartoon Network. Vejo o corvo de *Spy vs. Spy* conversando com Gansolino, mas esfrego os olhos e são Temer e Kassab. A legenda anuncia os novos ministros. Aumento o volume. Ouço apenas que Alexandre de Moraes, o chefe da PM paulista, essa polícia ustra brilhante, quero dizer, ultrabrilhante, que faz hora extra não remunerada com máscara ninja nas periferias da cidade, é o novo ministro da Justiça. Eu não deveria me chocar com nenhum ministério depois daquele montado por Dilma no segundo mandato, mas fazer o quê? Sou brasileiro, não desisto nunca.

"Você tá defendendo esse governo, Antonio?", me pergunta uma voz — é o Chacrinha. "Um governo que mentiu descaradamente para se eleger, quebrou o país com sua incompetência e chafurdou nas velhas práticas da política brasileira?" Não, meu caro Abelardo, não tô. Esse governo foi lamentável, mas não é porque eu não gosto do Haiti que eu sou a favor do terremoto — e enquanto o prédio desaba sou tomado por um laivo de otimismo: "Parece que pro fim da tarde vai abrir um sol", comento. *Fooom!*, buzina o Velho Guerreiro, um segundo antes de sermos engolidos pelos escombros.

15 de maio de 2016

Tecla SAP do humor

Algum dia essa nuvem negra estacionada entre o Guaíba e o Amazonas há de se dissipar, o Congresso deixará de ser o valhacouto dos velhacos, o covil dos covardes, o desvão dos desvios e o Legislativo finalmente retratará os múltiplos interesses nacionais.

Nesse dia glorioso, entre deputadas vegetarianas e senadores hip-hop, entre ianomâmis e sadomasoquistas, empresários e budistas, hackers e nudistas, nerds e skatistas, cristãos, judeus, muçulmanos, ateus, punks e umbandistas, me sentirei enfim representado por uma bancada: a bancada dos humoristas — um conjunto de homens e mulheres sérios, empenhados em derrubar o verniz de seriedade que nos impede de enxergar o ridículo de todas as coisas deste mundo.

Enquanto o sol não vem — o cúmulo-nimbo da mesquinharia parece bem fixo sobre nós —, dou aqui minha imodesta sugestão para os excelentíssimos comediantes: um projeto de lei tornando obrigatória, em todo o território nacional, a tecla SAP do humor.

Em qualquer filme de cinema ou programa de televisão,

de pronunciamento oficial a novela das oito, de Godard a comercial de margarina, dos documentários sobre as saúvas africanas aos grampos dos caciques do PMDB, apertando a tecla SAP do humor teríamos a versão paródia do que estivesse sendo exibido. (Para pessoas com problemas auditivos haveria legenda ou um mímico fazendo umas patacoadas num quadradinho, embaixo da tela.)

Aparece o Temer, você aperta a tecla SAP e ouve a Tatá Werneck falando uns absurdos. William Bonner daria notícias delirantes sobre, digamos, uma chuva de cupcakes em Quixeramobim — com a voz do Pato Donald. Donald Trump só falaria espanhol, com sotaque árabe — sobre sexo. Debates entre políticos seriam dublados ao vivo pelo pessoal do extinto *Rockgol*, da MTV. Marcelo Adnet recriaria os textos de todas as novelas bíblicas.

Gregorio Duvivier seria o encarregado pela Igreja Universal do Reino de Deus. Pedro Cardoso faria a voz nos filmes do Bruce Willis. Bruno Mazzeo narraria todos os jogos de futebol e todos os jogos de futebol seriam do Vasco e o Vasco ganharia tudo, da série C de Santa Catarina à Champions League. (Se já tivesse a tecla SAP do humor na semifinal da Copa de 2014, Vasco × Alemanha teria terminado 7 × 1 pro Vasco — o Vasco seria o time de camisa branca, claro, a Alemanha aqueles perdidões de amarelo.)

Se você quisesse, poderia passar o dia com a tecla SAP do humor apertada: seria como assistir à realidade a contrapelo, ao mundo bizarro no desenho do Superman, ao lado de lá em *Alice através do espelho*, seria o Porta dos Fundos entrando pela porta da frente nos lares e Cinemarks da nação.

Haveria apenas duas exceções em que a tecla SAP do humor não funcionaria: no horário eleitoral e em votações do Congresso. Ver a bancada da bala defender a vida, o Partido da Mulher Brasileira criticar o feminismo e religiosos usarem o nome de

Cristo para reduzir a maioridade penal já é patético o suficiente. (Pensando bem, o 7 × 1 tampouco precisaria ser dublado. Melhor assisti-lo sem falas, em preto e branco, com um pianinho animado ao fundo, como numa boa comédia do Chaplin ou do Buster Keaton.)

29 de maio de 2016

A caminho 2

Da Zona Sul até a Barra, pegando a nova linha 4 do metrô, vou otimista: o metrô existe, as escadas rolantes rolam, as luzes iluminam, sobre os trilhos corre um trem. Da Barra à Cidade Olímpica, pelo BRT, continuo contente: o BRT também existe, os ônibus têm rodas e janelas, o motor não funde, o teto não cai.

Chegando à Cidade Olímpica, o mais surpreendente: os estádios — até eles! — existem, imponentes, vistosos, prontinhos para os Jogos. Caramba, não é que conseguimos?

"Conseguimos o quê, cara-pálida?!", é o que me pergunto ao longo do novo trecho, o BRT da linha Transolímpica, que sobe dessa Jacarepaguá futurista rumo ao velho Engenho de Dentro, cruzando os intestinos da Zona Oeste carioca. De uma hora pra outra o Rio olímpico dá lugar ao Rio telúrico. Do lado de fora da janela é Curicica, mas poderia ser Capão Redondo, Caracas, Islamabad. Como já dizia Mano Brown: "Periferia é periferia em qualquer lugar".

O BRT parece uma cápsula extraterrestre com seus adesivos coloridos levando loiros e ruivas e orientais vestindo uniformes amarelos com crachás reluzentes sobre o mar ocre e cinza de autoconstrução, esquadrias de alumínio e pichações. De tempos em tempos cruzamos um veículo blindado cercado por soldados com fuzis e metralhadoras. Estou indo assistir a uma competição olímpica, mas parece que fui parar num episódio de *Homeland*.

Descemos em Magalhães Bastos para pegar o trem. A estação é cercada dos dois lados pelo Exército. Na plataforma, alguns soldados muito jovens e assustados caminham de um lado para o outro. O trem chega lotado. Nós, os branquelos coloridos, somos observados pelos demais passageiros com um misto de assombro e hostilidade. Ambulantes cruzam os vagões. "Skol latão! Guaracamp! Água! Grapete!" Os gringos, ressabiados, evitam fazer contato visual.

Vejo uma jaqueta do Exército despontar no começo do vagão e confesso sentir certo alívio, mas é outro vendedor: "O celular descarregou no trem? No ônibus? Na barca? Aqui, ó, é só meter no fio! Coisa de cinema! De filme! Só por cinco real! Cinco real!". Logo depois, outro ambulante camuflado: "Olha a batata, batata cebola e salsa, é só dois, só dois real na minha mão!".

De onde virão essas jaquetas? Serão da ocupação do Exército na Copa? Na Rio+20? Terão sido trocadas por colchões? Por batatas? Pela trégua do tráfico ou das milícias? Impossível não lembrar os soldados que há 120 anos combateram em Canudos e de volta ao Rio formaram a primeira favela da cidade, junto com ex-escravos.

Chegamos ao Engenhão. O estádio existe. As cadeiras estão no lugar. As bandeiras dos países, todas penduradas. A grama é verdinha. A Seleção feminina faz três na China. Vinte e sete mil pessoas cantam "Brasil! Brasil! Brasil!" e volto a ficar otimista. Há notícias de muita desorganização, mas talvez, no frigir dos ovos e no tilintar de milhões do socorro público, os Jogos funcionem.

Basta pensar nisso e fico triste de novo: durante essas duas semanas, talvez a única coisa que funcione no Brasil seja a Olimpíada. O resto do país, do lado de lá da cápsula olímpica, continuará ao deus-dará — e Deus, pelo menos em boa parte da Zona Oeste do Rio, pelo que se nota, não dá.

7 de agosto de 2016

SAC para os desiludidos com o impeachment

"República Federativa do Brasil, Tamara, bom dia!" "Oi, Tamara, tudo bem? Eu queria fazer uma reclamação." "Pois não, senhor." "Então, Tamara, é que eu fui, aí, nas manifestações pró-impeachment, eu bati panela... Tipo, falaram que era contra tudo que tava errado, que ia tirar primeiro a Dilma, ajeitar a economia, depois ia tirar o Cunha, ia fazer, aí, a limpa. Mas eu vi esses dias a votação do impeachment, que eu tava com problema na lombar e fiquei em casa. Tamara: Collor?! Renan Calheiros?! O figura, lá, do helicóptero de cocaína! São esses caras que tão de patrão agora!" "Desculpa, senhor, no caso, qual seria a sua reclamação?" "Ué, qual seria?! Seria que falaram que era pra melhorar, mas só tem sinistrão comandando a parada!" "Senhor, no caso, o processo de impeachment foi um processo inteiramente legal, sob o comando do Supremo Tribunal Federal (STF), com amplo direito de defesa." "É, eu fiquei meio na dúvida, mas beleza, não é disso que eu tô falando, eu tô falando de todo o resto. E o Cunha, com propina na Suíça?" "Isso depende dos deputados, senhor, eu não tenho como tá te informando." "E quem são os deputados, Tamara? É tudo amigo do Cunha! Do partido do Cunha. Da base de apoio do governo do Cunha. Cê assistiu às sessões no Senado, Tamara?" "Eu não estou autorizada a dar essa informação, senhor." "Beleza, então eu te dou essa informação. Sabe o que o Renan Calheiros falou? Que eles tavam inaugurando uma 'nova fase na política brasileira'. O Renan, Tamara! O cara que participou de todos os governos brasileiros desde, tipo... Se marcar, o Renan chegou com o Cabral, ele era o cara que dava os espelhinhos pra formar um centrão ianomâmi-tupinambá e azeitar a saída do pau-brasil. Cê acha que o Renan vai fazer a 'nova política', Tamara?" "Senhor, eu não estou autorizada." "Beleza, beleza. Tamara, e o Jucá? O Romero Jucá foi gravado planejando tirar a Dilma pra parar a Lava Jato e quando o Temer entrou ele virou ministro do quê?! Do Planejamento!" "Senhor, o Romero Jucá caiu assim que saíram as gravações!" "Caiu! Ô se caiu! Caiu que nem a Simone Biles, de pé juntinho e recebendo aplauso! Tava lá, todo pimpão na votação! E o PSDB pagando pau pra esses caras! Eu sempre votei no PSDB. Eu achei que se a Dilma caía, não é que o Aécio ia assumir, mas, tipo, o PSDB ia ficar meio no comando, mas cê viu na TV? O PSDB tá pro PMDB que nem o PFL tava pro PSDB na época do Fernando Henrique! Pior, que o PFL era forte, o PSDB agora parece, parecem uns garçons servindo caipirinha pro PMDB!" "Senhor, desculpa, mas qual seria a sua reclamação?" "Como, qual seria? Seria que tá tudo zoado, Tamara! Falaram que era pra melhorar, mas voltou pra, sei lá, 1989! Vou acordar amanhã e vai ter um Chevette na minha garagem e chinelo Samoa no meu pé e dez milhões de cruzados novos no meu bolso pra eu comprar um Lollo e assistir *Xou da Xuxa* numa Telefunken!" "Senhor, lamento, mas eu não tenho como te ajudar." "Como não, Tamara? Me venderam o impeachment dizendo que era pra melhorar o país, eu nem tirei da caixa e já tô vendo que não funciona! Cês vão ter que trocar por outro produto!" "E qual seria o produto, senhor?" "Eleições, Tamara! Eleições diretas já ou as minhas paneladas de volta!"

4 de setembro de 2016

Tony Soprano está no poder

Tony Soprano, Walter White e Don Draper são homens brancos, de meia-idade, moradores dos subúrbios e com renda anual acima dos cem mil dólares (em valores corrigidos). Se não fossem personagens de TV e vivessem hoje, seriam, demograficamente, eleitores do Trump. (Entre os homens, o "Aprendiz" ganhou de 53% × 41%. Entre os brancos, 58% × 37%. Entre 45 e 64 anos, 53% × 44%. Entre moradores dos subúrbios, 50% × 45%. Entre os que recebem mais de cem mil dólares, 48% × 47%.)

Nas últimas semanas, cansamos de ler, sobre o resultado das eleições nos Estados Unidos, explicações como: os homens se sentem impotentes, o trabalhador comum se considera desprestigiado, a classe média foi esquecida, há muito ódio represado no interior da América. Ora, quem assistiu a *Família Soprano* ou *Breaking Bad* já sabia disso tudo. É dos sentimentos acima que as séries tratam. Já *Mad Men* é um negativo das duas: mostra um suposto passado glorioso em que todos eram ricos, malvados e felizes. Don, Tony e Walter são anti-heróis que tentam se libertar de seu mal-estar na civilização através de atitudes deploráveis.

Durante a Guerra Fria, o herói era um cidadão pacato que, secretamente, salvava o mundo. No século XXI, época de extremo individualismo, competição e autorrepressão, o herói é um cidadão pacato que, secretamente (ou nem tanto) manda todas as amarras da decência às favas e afunda no crime — ou no uísque, no sexo e no cigarro, às onze horas da manhã.

Havia um gozo libertador em assistir Tony Soprano e seus comparsas resolverem pequenas desavenças com tacos de beisebol e balas de revólver. Em acompanhar o quase eunuco professor Walter erigir seu império da metanfetamina. Em ver Don Draper e seus colegas deslizarem com sapatos lustrosos por um mundo em que o politicamente correto mal engatinhava: mandava quem podia, obedecia quem tinha juízo. (Na série, claro, ficamos amigos dos que mandavam.)

Os roteiristas daqueles programas sabiam do prazer que estavam nos dando e trabalhavam as menores contravenções com requintes de crueldade. No segundo episódio de *Mad Men*, Sally, a filha do Don, vem correndo com uma sacola de plástico na cabeça. Betty, mãe da menina, dá o grito que todos os pais contemporâneos dariam, com medo, supomos, de que a filha sufocasse. Betty, então, loira, linda e com um cigarro na mão, passa o pito: "Esse é o plástico do meu vestido! Devolve já pra cama!". Vejo esta cena no fim de um dia infinito, exausto depois de trabalhar, correr, botar os filhos na cama, tentar comer uma refeição saudável, terminar comendo um xis salada, a conta no vermelho, quatro quilos acima do peso, culpado por ser terça e eu já estar na segunda cerveja e penso: ah, como o mundo era lindo quando era horroroso! Que delícia ser um monstro! Matar, roubar, comer, beber, fumar, *grab them by the pussy*.

Mal sabíamos que Don, Tony e Walter eram São Joões Batistas, que o verdadeiro anti-herói americano, o que nos batizaria não com a água benta da ficção, mas com fogo, estava correndo por fora, noutro canal, em seus tempos de aprendiz. Pois em novembro de 2016, o cidadão pacato, secretamente, mandou todas as amarras da decência às favas e elegeu Trump. Tony Soprano está no poder.

Aos que, até no Brasil, comemoram a vitória dos bagos sobre os neurônios, é bom lembrar que *Sopranos*, *Mad Men* e *Breaking Bad* não acabam, exatamente, num *happy ending*.

20 de novembro de 2016

Menos piquete e mais Piketty

Sempre que vejo notícias sobre torcedores espancados pela torcida rival, sou tomado pelo mesmo assombro. Times de futebol não são como grupos étnicos ou religiões, universos fechados onde as pessoas, ao conviverem somente com semelhantes, idiotizam-se a ponto de acreditar que quem mora do lado de lá da montanha reza pra um Deus careca em vez de um Deus cabeludo, come pimentão cozido em vez de pimentão assado e amarra o cadarço do Kichute por baixo da sola em vez de enrolá-lo na canela merece morrer empalado.

O palmeirense talvez seja casado com uma corintiana que é filha de um são-paulino que é irmão de um santista que trabalha com um vascaíno e, no Natal, estarão todos juntos comendo chocotone e assistindo ao especial do Roberto Carlos. Quando o cara tá chutando a cabeça do outro cara caído por causa do time, não consegue entender que tá chutando a cabeça do primo, do pai, do tio, do sogro? Será que no Natal ele encontra o primo e confessa, chupando os dedos sujos de chocolate, enquanto o Rei canta "Detalhes": "Esse mês matei um dos seus"?

Sou chutado pelo mesmo assombro diante do progressivo distanciamento entre a esquerda e a direita no Brasil. Que um membro do MST não pretenda convidar o Revoltados On Line para uma palestra motivacional num assentamento é mais do que compreensível, assim como um general da reserva não querer aceitar Nicolás Maduro entre seus parceiros de bocha parece bem razoável. Agora, que toda essa multidão que não apoia nem a Venezuela nem o DOI-Codi só consiga ver, entre os que divergem de si, fardas verdes e caudilhos Maduros é tão estúpido quanto o corintiano achar que o único lugar digno para um são-paulino é o túmulo.

A caricaturização é ainda mais burra quando vem da esquerda. Toda vez que ela tacha qualquer pessoa que foi a favor do impeachment de "golpista" e "fascista" — como se as passeatas deste ano tivessem sido frequentadas apenas por Jucás e Bolsonaros — ela afasta de si os moderados de quem inexoravelmente precisará se quiser chegar ao poder e os empurra direto pra crista (e pra urna) da onda ultraconservadora.

Passei a semana discutindo com amigos e conhecidos se deveríamos ir na manifestação deste domingo, 4, contra as emendas no projeto de lei das dez medidas contra a corrupção. Em determinado momento, alguém sugeriu irmos com camisetas dizendo "Entendeu agora?", tripudiando de quem quis o impeachment. Ainda estou em dúvida se vou, tanto por não querer me colocar sob o guarda-chuva do Vem Pra Rua e do MBL como por discordar de algumas das medidas originais do projeto de lei, mas tripudiar dos manifestantes me parece tão suicida para a esquerda como a reeleição da Dilma. Se formos à Paulista, deveríamos ir com cartazes para atrair, não afastar aquelas pessoas, tipo "Esquerda contra a corrupção", "Boa gestão com distribuição de renda", "Contra a violência dos bandidos, contra a violência policial", distribuindo cópias de *Aquarius*, *Cabra marcado para morrer*, livros do Piketty, garrafinhas de água e balas de hortelã.

É impossível conversar com quem defende a ditadura, a tortura, a homofobia. Mas ao lado desses, hoje, estarão seu primo, seu tio, seu sogro e uma multidão de pessoas decentes de cujos votos o Brasil precisa, mais do que nunca, para evitar um Donald Trump, uma Marine Le Pen ou um Bolsonaro em 2018. Ou dialogamos com os que têm formas diferentes de amarrar o Kichute ou abriremos uma avenida para a turma do empalamento.

4 de dezembro de 2016

Ortodoxos

Um de nós elogiou o hambúrguer, o outro comentou sobre as carnes que tinham surgido nos últimos anos, o papo evoluiu pras técnicas de engorda do gado (no pasto ou em confinamento), o termo "confinamento" trouxe certo desconforto com nosso hambúrguer e o Fabrício falou: "Ah, vamos mudar de assunto, minha vida já é complicada o suficiente, não quero agora, no dia 20 de dezembro, ter que começar a sofrer por todas as vacas do mundo".

Ficamos um tempo em silêncio, foquei no hambúrguer, na tarde ensolarada e nas pessoas que, à nossa volta, também faziam daquele almoço de terça-feira uma minicelebração de fim de ano, embaladas por essa brisa que vem de janeiro, aliviando um pouco a correria de dezembro.

A garota do caixa, conversando com o garçom, deu uma risada. Um barbudo desembrulhou um disco de vinil. Um careca chegou numa mesa grande e foi recebido com pompa e circunstância: "Pereba! Pereba! Pereba!".

Eu já estava quase ouvindo o mar quebrando na praia em al-

gum ponto da Simão Álvares quando o Fabrício me trouxe de volta pro concreto: "A gente vive numa época muito religiosa". Concordei: "O terrorismo islâmico, a bancada da Bíblia, o Crivell...".
"Não", ele me cortou. "Isso também, mas não tô falando de Deus. Agora tudo é religião. A religião vegana e a religião carnívora. A religião do carro e a religião da bicicleta, a religião da amamentação e a religião da cesariana, a religião da Lava Jato e a do 'volta, Dilma!', todo mundo é fanático e se você discorda um tiquinho é um herege que tem que ser bloqueado da vida da pessoa, que nem no Facebook."

Quando ele acabou de falar, lembrei do filme *O sétimo selo*, do Bergman. O Facebook me pareceu muito semelhante à Europa do século XIV, devastada pela peste negra: cada post, uma cruz erguida por um messias instantâneo, pequenas seitas de likes e comments atrás, vagando pelas planícies azuis das timelines, comungando a iluminação do dia.

"Goiabada no temaki, não!" "Se o seu filho usa fralda descartável você é um assassino de golfinhos!" "Eis aqui o que eu acho sobre o prepúcio nojento do terceiro pinto no clipe ridículo da Clarice Falcão." Uma diferença pras seitas do século XIV é que nas mídias sociais os chicotes são raramente usados para a autopenitência; costumam castigar mais o lombo alheio.

Antes da sobremesa já estávamos enredados na velha discussão de boteco do século XXI: a humanidade sempre foi esse lixo e as redes sociais só revelaram o chorume, ou o ódio e a intolerância aumentaram nos últimos anos? Não sei, mas tenho a sensação de que colaborou pra pindaíba termos parado de engordar as crianças soltas nos pastos e passado a criá-las em confinamento: escola, condomínio, inglês, clube, iPad.

Em 1985, quando ainda existia uma instância muito louca, libertária, diversa e apartidária chamada "rua", eu pastava uma hora no amigo judeu, outra na casa da amiga com a avó janista, comia sal no baio macrobiótico e bebia no açude de groselha Milani. Tolerância não era um conceito ensinado na escola, mas um pré-requisito básico para você conseguir brincar de esconde-esconde com quinze crianças diferentes.

Olho a garota do caixa rindo com o garçom, o barbudo do vinil tomando sua cerveja, o Pereba contando uma história na mesa grande, faz sol lá fora e um jacarandá estende sua sombra para dentro do restaurante — não é possível que todo mundo se odeie tanto.

25 de dezembro de 2016

2017

Penteados e pensamento

Se Donald Trump, o ditador dos Estados Unidos, tuitar que Kim Jong-un, o ditador da Coreia do Norte, "é bobo"; se Kim Jong-un, do alto de sua maturidade, responder "나는 바보입니다 하지만 난, 나에게 말하고 더 바보 행복" ("Sou bobo, mas sou feliz, muito mais bobo é quem me diz"); se Donald Trump, conhecido por sua cautela, mandar uma ogivazinha pra Pyongyang; se Kim Jong-un, generoso, retribuir o presente e o mundo acabar, uma coisa é certa: a humanidade terá sido exterminada pelos dois líderes com os penteados mais esdrúxulos que já apareceram debaixo do sol. E da lua. E das câmeras da Fox News. E do Comitê Central de Radiodifusão Coreano.

Não dá pra não se perguntar: haverá alguma relação causal entre penteado e pensamento? Digo, não da forma que críamos até hoje, que o pensamento radical levava ao penteado radical, punks com moicanos, rastafáris com dreads, o Arnaldo Antunes com seu incrível botocudo rock 'n' roll — e se for o contrário? Bem, que os joysticks mais aptos a aproximar o game over da nossa espécie estejam nas mãos de um *comb-over* platinado e de um indescritível trapézio invertido — já compararam o ditador coreano a um bebê equilibrando um velho telefone sobre a cabeça — é um forte indício de que estou certo.

O cabelo talvez funcione como uma espécie de antena das ideias. É pelos folículos capilares — quem sabe? — que apreendemos a realidade exterior. É pelos folículos capilares que excretamos as caraminholas vencidas — toxinas das nossas angústias e frustrações. E como tratam as antenas e seus exaustores pilosos os dois cavaleiros do apocalipse?

Amy Lasch, ex-cabeleireira de Trump, declarou ao site do jornal britânico *The Daily Mirror*: "Ele usava tanto laquê para chegar naquele penteado que o cabelo era uma massa emaranhada, sólida". Li Lee, dona de um salão coreano em Londres, revelou ao *Guardian* que o telefonão de Jong-un "não é muito fácil de conseguir num cabelo asiático" e é sustentado à base de permanente e cera.

Veja, dois cérebros lacrados por litros e mais litros de cera e laquê: uma casca espessa como o pétreo pururuca de um pato laqueado, como a crosta crocante de um *fried chicken*, uma impenetrável aduana química impedindo um intercâmbio saudável entre o que se passa dentro e fora da massa cinzenta destes solitários cidadãos. Com suas antenas untadas, Trump e Kim Jong-un recebem tantos inputs do mundo ao redor quanto nossos celulares recebem sinal no meio de um túnel na rodovia dos Imigrantes. (Não foi casual, aqui, a escolha da rodovia.)

O cenário é desesperador, mas também otimista. Se a barreira que nos separa do apocalipse nuclear é tão fina quanto um fio de cabelo, também é da ordem dos mícrons a distância que nos afasta da salvação. Basta uma chuva, um balde, uma bexiga cheia de água para derreter o muro que os aprisiona no inferno de seus pensamentos.

Empapados, Donald e Jong-un olharão em volta, primeiro

com ódio, depois rindo (a brisa da mudança já refrescando seus córtex embolorados), então começarão a chorar, comovidos, e as lágrimas sinceras descongelarão seus corações, levando pra longe o longo inverno e trazendo de volta os raios do astro-rei (*Frozen*, Disney, 2013); e será Carnaval sobre a Terra; e sob as câmeras da Fox News e do Comitê Central de Radiodifusão Coreano os dois sairão sambando e cantando "A jardineira".

Ou não. Talvez tudo se exploda mesmo e o mundo acabe num enorme topete atômico. Bom Carnaval.

26 de fevereiro de 2017

Outro Brasil

Sabe quando você sonha que está no seu quarto, mas não tem nada a ver com o seu quarto, mas sente que é o seu quarto? Foi tipo isso. Saí do elevador do hotel com a certeza de que estava no Brasil — ao entrar no elevador, eu estava no Brasil —, mas não parecia o Brasil.

Vi, no hall, uns vinte adolescentes bem-vestidos, saudáveis, aparelho nos dentes, cortes de cabelo estilosos; uns conversavam em rodinhas, outros ouviam música em seus fonões de ouvido, estirados nas poltronas com aquela mistura de arrogância e insegurança típica dos quinze anos, quando você pensa que sabe tudo e sabe que não sabe nada ao mesmo tempo. O detalhe que fez eu me sentir dentro e fora do Brasil é que os garotos eram todos negros, pardos, morenos.

Me senti no Brasil porque os meninos tinham a cor e a fisionomia da maioria dos brasileiros. Fora do Brasil porque a maioria dos meninos brasileiros com a cor e a fisionomia daqueles com a cor e a fisionomia da maioria dos meninos brasileiros não costuma frequentar lobbies de hotel, bem-vestidos, de aparelho nos dentes, corte de cabelo estiloso, fones de ouvido, estirados nas poltronas. Costumam carregar as malas, limpar os quartos, sim senhor, não senhor, obrigado senhor, disponha senhor.

Mais do que as roupas, os fones, os cortes de cabelo, me impressionou a atitude daqueles garotos. Eles não estavam intimidados pelo ambiente. Não adotavam aquela postura servil ou agressiva que se espera de quem "sabe o seu lugar".

O lugar deles era ali. Pareciam vinte estudantes negros do Santa Cruz durante uma viagem de campo — mas aposto que se procurarmos entre todos os alunos do Santa Cruz, do primeiro ano ao terceiro do médio, não encontramos vinte negros. (Não é um problema do Santa Cruz. Eu nunca tive um colega negro na minha classe, do maternal ao terceiro colegial, nos colégios particulares em que estudei.)

Meu estranhamento durou uns dois segundos, no terceiro eu vi uma mala esportiva com o escudo do Corinthians e entendi o que estava acontecendo. Aquele era o time sub-17 ou sub-15. Aqueles eram os raros eleitos que, por meio do futebol, da música, de outros esportes ou das artes que não requerem educação formal conseguem ascender socialmente.

Perceber que se tratava de um time de base me deixou triste. Primeiro, porque eram a exceção que confirma a regra — não uma súbita revolução social, econômica e cultural que houvesse acontecido enquanto eu descia do quarto para o térreo.

Segundo, porque boa parte daqueles garotos não vai chegar ao futebol profissional. Após uma década de esforços, de vitórias, de médico bom e dentista bom e lobby de hotel bom e orgulho das próprias conquistas eles vão ficar na borda de algum funil e terão de se adaptar à vida que o país reserva pra quem nasce pobre e preto. Vão bater na trave e sair pela linha de fundo. Pela porta dos fundos.

Por dois segundos eu vi um Brasil que havia superado a escravidão dos negros e o extermínio dos indígenas e dado chances iguais para todo mundo; não esse país que faz pacto atrás de pacto através dos séculos para manter inalterada a nossa catástrofe. Era um país bonito.

2 de abril de 2017

a.C., d.C.

Na vila onde eu nasci e vivi até os treze anos, no Itaim, nos referíamos ao senhor da casa 11 como "o Professor". O bigode, os óculos e o paletó justificavam o epíteto, embora a simpatia, o humor e a generosidade quebrassem qualquer ar professoral no mau sentido (de pompa ou pedantismo) que "professoral" possa ter. Antonio Candido era professor na acepção mais nobre da palavra: alguém que acreditava no conhecimento e no compartilhamento do conhecimento como forma de construir um mundo mais justo.

Isso, claro, eu só fui descobrir muito depois. Lá pelos meus quatro anos eu só sabia que "o Professor" tinha duas netas da minha idade, com quem eu brincava de esconde-esconde, e uma Brasília bordô, na qual eu dava a partida dia sim, dia não, no colo do meu pai, quando ele viajava com a dona Gilda.

Durante as férias, na adolescência (já morando longe do "Professor"), eu e um bando de amigos de classe média, da Zona Oeste, pegávamos ônibus da Viação São Geraldo e, trinta e tantas horas depois, descíamos em alguma vila de pescadores perdida no Nordeste. Lembro da primeira vez que fui pra uma dessas cidadezinhas, no sul da Bahia. Era pobre, não tinha hospital, padaria, nem orelhão, mas um garoto da minha idade, lá, sabia construir uma casa, uma canoa, subir em coqueiro, ia pro alto-mar numa baleeira minúscula, sem GPS (coisa que nem existia), passava dias sem ver terra firme e voltava com o barco carregado de peixes.

Era uma pobreza completamente diferente da pobreza urbana. Aquelas pessoas eram cultas, não só no que se refere à realidade concreta (construíam o mundo em que viviam, enquanto eu, aos quinze, não sabia nem sequer pendurar um quadro), como simbólica: compartilhavam da caudalosa cultura popular brasileira. Coco, Iemanjá, xote, Exu, baião, Ogum, Festa de Reis... Já o imigrante pobre, em São Paulo, era pobre de tudo. Deixava para trás o mundo explicado pelos orixás e não chegava jamais a alcançar o mundo explicado pela tabela periódica. Ficava num purgatório econômico, num limbo cultural.

Em *Os parceiros do Rio Bonito*, estudo sobre os caipiras paulistas na metade do século XX, Antonio Candido captou com rigor etnográfico e delicadeza literária esse momento de ruptura, o momento em que um universo pobre materialmente, mas rico culturalmente, se esfacela para dar lugar à dupla pobreza. Antonio Candido trabalhava por um país onde houvesse a dupla riqueza. Na última página de *Os parceiros*, fala dos "bens incompressíveis", os bens fundamentais para a existência: "Não são apenas os que se reputam essenciais à estrita sobrevivência do indivíduo, mas todos aqueles que permitem ao homem tornar-se verdadeiramente humano. Sob este ponto de vista, são incompressíveis a participação na beleza, a euforia da recreação, o prazer dos supérfluos".

Pouco tempo atrás, parecia que estávamos caminhando naquela direção. Agora, parece que a cada dia nos afastamos mais.

Me disseram que, ultimamente, "o Professor" andava triste. Não deveria. A obra que deixou é uma das escadas que podem nos ajudar a sair do buraco, uma obra que joga luz sobre o nosso passado e aumenta a exigência do que temos que esperar do futuro: "A participação na beleza, a euforia da recreação, o prazer dos supérfluos". Que honra ter dado a partida naquela Brasília.

14 de maio de 2017

Reinventar o Brasil

Lá pelos quinze anos vi uma entrevista do Darcy Ribeiro que sempre me volta à memória. Num determinado momento o antropólogo dizia, daquele seu jeito sôfrego — o entusiasmo muito maior do que o fôlego —, que as religiões afro-brasileiras tinham uma característica maravilhosa: uma pessoa podia recorrer a elas não para pedir saúde, emprego, essas coisas nobres, mas para pedir, por exemplo, um amante gostoso, uma amante gostosa.

Por trás da empolgação com as religiões afro-brasileiras havia a empolgação com o Brasil, ou melhor, com as potencialidades do Brasil. Os orixás, próximos à vida, ao cotidiano, traziam de volta a intimidade entre os deuses e os homens, intimidade que o Ocidente havia perdido há milênios, com a hegemonia judaico-cristã. O que a Bíblia havia separado, levando o sagrado pra bem longe da gente, lá pro alto do céu, os batuques iriam religar. Não seria pequena a contribuição do Brasil à humanidade.

Eu, que estudava num colégio chamado Oswald de Andrade e lia, à época, os modernistas, conhecia aquele entusiasmo com nosso país. Nós, a mistura das três raças, na periferia do mundo, deglutiríamos as influências externas e devolveríamos uma síntese única e original. "Erro de português", do Oswald: "Quando o português chegou/ Debaixo d'uma bruta chuva/ Vestiu o índio/ Que pena!/ Fosse uma manhã de sol/ O índio tinha despido/ O português".

Quando eu nasci, a chuva ainda era bruta, mas já era possível enxergar, por entre as nuvens pretas da ditadura, a manhã de sol. Pasolini tinha dito que os europeus jogavam futebol prosa, os brasileiros jogavam futebol poesia. Pois chegaria o dia em que essa poesia sairia dos campos e inundaria também as nossas cidades. As pessoas certas seriam eleitas democraticamente e conseguiriam organizar nosso potencial, fazendo com que o país funcionasse como a Seleção Canarinho. Seríamos criativos e eficientes, uniríamos beleza e justiça. O "jeitinho" era, então, uma virtude. O samba, a bossa nova, a Tropicália, Pelé e Garrincha eram vislumbres, *teasers* da manhã de sol, no "país do futuro".

O mais triste da crise atual não é a perda da esperança na política, mas a perda da fé no Brasil. Um país é feito, em grande medida, de fé. A pátria é uma ficção que depende de que todos compartilhem de meia dúzia de mitos e ilusões. (Não à toa, os Estados Unidos, país mais poderoso do mundo, é também aquele em que esses mitos estão mais profundamente enraizados.)

A sensação atual é de que a nossa fonte secou. Jeitinho virou corrupção. A prosa germânica deu de 7 × 1 nos versinhos tronchos a que nosso futebol se reduziu. A mistura das três raças nunca foi até o fim. A casa-grande e a senzala perduram, 129 anos depois da abolição. A fala parnasiana do nosso presidente (escrevo na sexta, 14, Temer ainda é presidente) é a prova de que regredimos para antes de 1922.

Mais do que um candidato para 2018, precisamos de um discurso — pra já. No que acreditamos? O que temos de bom? O que faz de nós um povo único (como, aliás, são todos os povos, cada um à sua maneira)? Não é verdade que nada presta. Pense em pessoas, músicas, costumes, livros, objetos, paisagens, comidas. Tenho certeza de que você encontrará algo para se apegar. Temos que encontrar. Nós vivemos aqui. Somos duzentos milhões. Não cabe todo mundo em Miami ou no Uruguai. Nossa única opção é arrumar a casa. Precisamos reinventar o Brasil.

16 de julho de 2017

É uma crônica, companheira

Eu ia começar com "Em tese, o cronista", mas penso melhor e me dou conta de que deveria começar com "Na prática, o cronista", pois o cronista só existe na prática. O Amor, o Perdão, a Saudade, Deus e outras maiúsculas celestes nós deixamos para os poetas, alpinistas muito mais hábeis que com dois ou três pontos de apoio chegam ao cume de qualquer abstração.

O cronista é um pedestre. O que existe para o cronista é a gaveta de meias, a lancheira do filho, o boteco da esquina. Verdade que às vezes, na gaveta de meias, na lancheira do filho, no boteco da esquina, o cronista até resvala no amor, trisca no perdão, se lambuza na saudade, tropeça num deusinho ou outro (desses deuses de antigamente, também pedestres, que se cansam do Olimpo e vão dar umas bandas pela 25 de Março), mas é de leve, é sem querer, pois na prática (e é assim que eu devo começar) o cronista trata do pequeno, do detalhe, do que está tão perto que a gente nem vê.

Aí você lê, pensa "nossa, também acho que picada de mosquito entre os dedos dos pés é pior do que tortura chinesa", "caramba, é mesmo, não tem som mais melancólico do que um apito de panela de pressão entrando pela janela, no meio da tarde", "é isso aí, se cada comida fosse um título literário, empada seria A *insustentável leveza do ser*". That's my job.

Mas sob o peso desses dias, qualquer leveza soa leviana. Sento para escrever a crônica e me sinto fazendo um origami no ringue do UFC. Sou um barista, durante a erupção do Vesúvio, tentando desenhar coraçãozinho na espuma do café. Um ataque epilético não é, definitivamente, o melhor momento para um cafuné. UFC. Vesúvio. Ataque epilético. Boas imagens para esses dias. Melhor ainda: um lutador de UFC tendo um ataque epilético durante a erupção do Vesúvio. (Morreu o bebê atingido por uma bala dentro da barriga da mãe.)

Aí o cronista, que também apanha, também esperneia, também respira o enxofre que exala sem parar da cratera noticiosa, faz o quê? O cronista se revolta. Abre mão de toda a delicadeza e diz: é tudo uma merda. O Brasil, os brasileiros, as aves que aqui gorjeiam, o samba e o guaraná.

Na semana seguinte bate a ressaca. O cronista junta os cacos. Faz um esforço. Escreve um texto otimista, tentando ver o que há de bom: *Memórias póstumas de Brás Cubas*, 1958, 1962 e 1970, nossos filhos, "o amor da morena maldita no largo do Estácio".

Exaurido, ciente de que já bateu ponto nos dois extremos do pêndulo existencial, o cronista imagina que pode voltar ao seu ofício. Senta para escrever a crônica, apura o ouvido, mas não consegue escutar o assovio da panela de pressão entrando pela janela: ouve tiros de fuzil, o uivo da mãe que perdeu o filho baleado dentro da barriga e os discursos dos putos que se compram e se vendem para garantir a própria estabilidade enquanto mães seguem perdendo seus filhos, dentro e fora da barriga.

Eu sei que já escrevi umas dez crônicas dizendo que ficou

impossível escrever crônicas, mas veja: esta é a primeira crônica que eu escrevo sobre a dificuldade de escrever crônicas sobre a dificuldade de escrever crônicas.

Lembro agora, não sei bem por que, daquela passagem que dá título ao livro do Gabeira. Durante o sequestro do embaixador americano, durante a ditadura, durante a Guerra Fria (UFC, Vesúvio, ataque epilético), a guerrilheira recebe, revoltada, o beijo do guerrilheiro: "O que é isso, companheiro?". Ao que ele responde (leviano?): "É um beijo, companheira".

6 de agosto de 2017

Os nazistas são todos uns nazistas

Em 1991, quando as discussões on-line ainda engatinhavam, foi cunhada a "lei de Godwin". Frequentador assíduo dos então populares fóruns de discussão, o advogado e escritor americano Mike Godwin afirmou que, não importa o assunto, quanto mais o debate se estende, maior a probabilidade de um dos lados comparar o outro a Hitler ou aos nazistas. O consenso em grupos de discussão é que, neste momento, o debate termina e aquele que lançou mão da suástica ("reductio ad hitlerum") é imediatamente declarado perdedor.

A derrota se dá pelo absurdo da comparação. O nazismo foi um movimento histórico tão terrível, levando à morte de mais de cinquenta milhões de pessoas (dois terços civis), que trazê-lo à baila para criticar a proliferação dos blocos de Carnaval ou a proibição do cigarro em bares e restaurantes soa não apenas ridiculamente desproporcional, mas cruel. Por ser o ápice da desgraça humana, o nazismo seria incomparável. Só o nazismo é como o nazismo.

A "lei de Godwin" esteve em vigor de maneira não oficial

de 1991 até o fim de semana passado, quando supremacistas brancos marcharam por Charlottesville, nos Estados Unidos, com tochas, bandeiras dos Confederados e (não, não é verdade, eu não estou vendo isso, caramba, é verdade, eles estão trazendo) SUÁSTICAS. "Judeus não nos substituirão!", cantavam, entre outros disparates. No dia seguinte à marcha, Mike Godwin declarou, via Twitter, que a sua lei estava revogada: "Pelo amor de Deus, comparem esses *shitheads* aos nazistas. Vez após outra. Estou com vocês".

    O tuíte imediatamente gerou uma discussão: sendo os participantes da marcha realmente nazistas, seria correto o "comparem"? Godwin argumentou ter usado "comparem" pois "comparar" é um dos termos de sua lei e insistiu que sim, é possível comparar uma coisa a ela própria. Alguns tuiteiros não se contentaram com a resposta, a discussão foi mudando de rumo, passou pela pronúncia correta de "GIF", por pasta de amendoim, maconha, num determinado momento Godwin foi acusado de elitista e quando achei que o chamariam de nazista, provando a validade da "lei de Godwin" justamente num tuíte que pretendia revogá-la (seria o "paradoxo de Godwin"?), o papo chegou ao fim.

    Para além da anedota, o que a revogação da "lei de Godwin" revela é que o nazismo, até então numa redoma de vidro no topo do museu da história, está de novo entre nós. "Nazismo" voltou a povoar as discussões on e off-line não para defender ou protestar contra cadeirinhas ou o cigarro em bares e restaurantes, mas para defender ou protestar contra o... nazismo.

    Jamais pensei que fosse escrever uma coluna condenando o pensamento de Adolf Hitler. É preciso afirmar que não se deve exterminar aqueles que julgamos diferentes de nós? Diante das imagens de Charlottesville e da defesa aberta ou truncada que tantos fizeram, não só nos Estados Unidos, mas também no Brasil, daqueles racistas enfurecidos ("o direito de opinião é sagrado", "estavam defendendo uma estátua", "o outro lado foi lá só para arrumar encrenca"), vejo que sim.

Ah, que saudades dos bons tempos em que o tema que mais exaltava os ânimos era a privatização ou estatização de empresas. "Nazistas!", acusavam-se os dois lados com ingenuidade, sem saber o que lhes esperava logo ali adiante.

20 de agosto de 2017

Vai pro Haiti!

Chico Buarque está lançando um disco e o primeiro comentário que leio a respeito, no Facebook, é um elaboradíssimo e original "Vai pra Cuba!".

Curioso. Quando um governo de direta dá errado, a culpa recai sobre o governante. Quando um governo de esquerda dá errado, a esquerda como um todo leva na moleira. (Não interessa aqui se a Dilma fez ou não um governo de esquerda, é assim que o PT se apresenta e assim que é visto por seus detratores.)

Posso estar enganado, mas não lembro de, depois do Sarney ou do Collor, as pessoas provocarem seus apoiadores com "Vai pro Haiti!", "Vai pra Guatemala!", "Vai pra República Dominicana!" — só pra ficarmos em alguns pesadelos promovidos pela direita centro-americana. Na cabeça dos que gritam "Vai pra Cuba!", a América Central parece ser um oásis de liberdade e bem-estar, manchado exclusivamente pela ditadura cubana.

No discurso de parte da direita brasileira, o Brasil também parece ter sido um oásis de liberdade e bem-estar até a chegada do PT ao poder. "Quero o meu Brasil de volta!", exigiam faixas nas manifestações de 2016. Qual Brasil, cara-pálida? O da ditadura? O do analfabetismo? O da escravidão?

Impossível fechar os olhos para os erros atrozes e a corrupção vergonhosa que, entre inegáveis acertos, ocorreram nos governos do PT. É preciso, contudo, separar os males decorrentes das vicissitudes petistas (a crise econômica atual é, sem dúvida, um deles) dos males que nos acompanham desde sempre. Ao se ouvir o que dizem os Bolsonaros, os Felicianos, os Olavos, olavetes e companhia limitada (bem limitada), parece que estamos na Rússia dos anos 1990, comemorando o fim da União Soviética e lutando para reconquistar as liberdades solapadas durante um século de stalinismo.

Na paranoia delirante da *alt right* brasileira, a esquerda é hegemônica no país e trama para nos transformar numa Cuba ou numa Venezuela. Está nas escolas, doutrinando nossos filhos, no cinema (bancada pela Lei Rouanet), fazendo a cabeça dos nossos jovens, nas rádios, pela voz de cantores como Chico Buarque, lançando seu veneno ideológico sobre todas as idades.

Se o discurso ficasse circunscrito aos loucos da extrema direita, seria apenas patético, mas ele os extravasa. Hoje, qualquer pauta minimamente progressista liga a chavinha "Vai pra Cuba!". Se você é contra liberar um pedaço da Amazônia do tamanho do Espírito Santo para mineração: "Vai pra Cuba!". (Dois meses atrás, a Noruega — que não é comunista —, indignada com a maneira como o governo vem tratando a Amazônia, cortou pela metade a ajuda financeira que dava no combate ao desmatamento.)

Se você é a favor do casamento entre pessoas do mesmo sexo: "Vai pra Cuba!". (Casamento entre pessoas do mesmo sexo é permitido nos países capitalistas mais avançados. Gays, aliás, iam para a cadeia em Cuba.) Se você é contra a reforma trabalhista da maneira como ela foi proposta: "Vai pra Cuba!".

(A Organização Mundial do Trabalho, agência da ONU — que não vem a ser um órgão comunista —, condenou a reforma.)

Espalhando a loucura de que o risco de nos transformarmos em Cuba é iminente, a direita hidrófoba nos ajuda a caminhar, cada vez mais rápido, rumo ao Haiti.

27 de agosto de 2017

Peppa Pig sem partido

Olá. Chamo-me Adolfo Benito Franco Salazar Pinto. Sou um personagem criado pelo esquerdopata cujo nome aparece aí na capa. Preciso explicar que sou um personagem porque o meu público [dele, Benito — a observação é do Antonio] não entende bem essa veadagem de ficção. A gente, quando quer falar, fala na cara, não fica fazendo livrinho, filminho, quadrinho e outros mimimis para depois dizer "ah, vocês não entenderam, isso não era isso, isso era um símbolo!". Símbolo é a bandeira da República Federativa do Brasil e a nossa bandeira jamais será vermelha! Nem rosa! Estou falando, evidentemente, da exposição pederasta pedófila comunista Queermuseu, em Porto Alegre, que tentou destruir a família brasileira, mas foi impedida por cidadãos e instituições de bem como eu, o MBL e o Santander.

Foi uma batalha importante, mas a guerra está apenas começando. Os comunistas estão na arte, na mídia, nas escolas, onde você menos espera: sou pai de seis filhos e posso afirmar que mais de 99% dos desenhos animados são pura doutrinação esquerdista.

Peppa Pig: clara propaganda feminazi. O Papai Pig é um banana e o George passou quatro temporadas sem aprender outra palavra além de "dinossauro". Já a Peppa, a Mamãe Pig e a Madame Gazela são mulheres "empoderadas" que sabem tudo. A maior mensagem que as feminazi querem difundir, contudo, é subliminar. Repare nas cabeças dos porcos: são na verdade sacos escrotais com pequenos pênis, minúsculos pênis, numa óbvia tentativa de abalar a autoridade masculina.

Dora, a aventureira: mais uma menina! E pior: hispânica. Ou latina. Ou sei lá qual é, hoje em dia, o termo politicamente correto para "cucaracha". A função do desenho é ajudar os filhos dos imigrantes ilegais estupradores mexicanos a adaptarem-se aos Estados Unidos para roubar o emprego dos americanos e quebrar o país. Felizmente, os Estados Unidos têm um presidente forte que está revertendo a invasão, mas a criança brasileira, que já é bombardeada de todos os lados pela propaganda esquerdista, assiste e acaba achando que imigrante é algo positivo. Acha imigrante fofinho, amigo! Então pega um terrorista árabe e leva pra casa!

Masha e o urso: menina, de novo! Essa, porém, apesar de loira, não é nenhum exemplo de conduta. Destrói tudo por onde passa. E o urso, em vez de reprimi-la, exercendo sua natural autoridade masculina, fica passando a mão na cabeça. Alguma semelhança com a esquerda que defende bandido, drogado, black bloc? "Ah, os direitos humanos!", "Ah, ela é menor de idade!". A gente sabe quem está por trás desses discursos! Cuba, Foro de São Paulo, Cartoon Network!

Dumbo e *Nemo*: exaltação da família monoparental com protagonistas deficientes físicos. A esquerda acha lindo! Em *Dumbo*, o único empresário, dono do circo, é cruel e inescrupuloso. Em *Nemo*, as tartarugas são claramente maconheiras. E *Bambi*?! "Ai, eu não sei andar!", "Ai, a mamãe morreu!" Mimimi! Por que não um touro, um cavalo, em vez de um veado?

Os exemplos são infinitos, mas a nossa paciência, não. Basta! O gigante acordou! Pelo fim da arte degenerada já! Escola sem partido já! Remodelação dos rostos da família Pig já! Por uma Dora caucasiana já! Revisão do Estatuto do Desarmamento já! Redução da maioridade penal e Masha na cadeia já! Bolsonaro 2018 já! Quer dizer, em 2018!

Adolfo Benito Franco Salazar Pinto,
Juqueri, 17 de setembro de 2017

Janela

Abro a janela do escritório a caminho do computador, o sol bate no meu rosto e me detenho ali, de pé, por um instante. São nove horas da manhã, é um sol bom, certamente aprovado pela Sociedade Brasileira de Dermatologia, o céu está azul e uma brisa adia o calor que já começa a dar as caras neste final de outubro. Na laje do prédio em frente, recostado no para-raios, um porteiro de calça marrom e camisa bege fuma seu cigarro, o olhar perdido sobre o vale do Pacaembu. Lá longe, catorze andares abaixo, um amolador de facas anuncia sua chegada, parecendo vir diretamente de 1983: trrruiiiiiiilllll, trrruiiiiiiilllll, trrruiiiiiiilllll.

O mundo está se acabando, mas por um instante estou dentro de uma crônica do Rubem Braga.

Lá longe, catorze andares abaixo, o presidente do Brasil acaba de flexibilizar as leis contra o trabalho escravo, em nome da estabilidade — e não é essa a nossa estabilidade? Nos Estados Unidos um defensor dos combustíveis fósseis, colocado na agência que deveria combater os combustíveis fósseis, promove a queima de carvão. A *New Yorker* publica o perfil de um dos organizadores da manifestação de Charlottesville, um supremacista branco cuja razão de viver é provar que os negros são intelectualmente inferiores e que tratá-los como iguais é uma estratégia dos banqueiros judeus para disseminar a desordem e reinar sobre a terra. Essas notícias deveriam soar absurdas, mas o que parece irreal, agora, é o sol batendo no meu rosto, a brisa, o céu azul, o porteiro descansando, o silvo do amolador de facas.

Sei o momento exato em que tudo começou a desandar: foi aos 23 minutos do primeiro tempo de Brasil × Alemanha, na Copa de 2014, com o gol de Kroos, um minuto após o gol de Klose, aos 22. Aos 25 Kroos fez de novo, e aos 28, Khedira; não muito depois a economia brasileira ruiu — a Nova Matriz Econômica, sabemos agora, era tão sólida quanto a "Família Scolari" —, Bolsonaro, defendendo a tortura, passou a ser uma figura política relevante, os criminosos investigados pela Lava Jato tomaram o poder para acabar com a Lava Jato, Trump venceu as eleições nos Estados Unidos, o tráfico retomou o controle do Rio de Janeiro, o MPL, movimento que levou milhares às ruas pelo transporte público, abriu as portas para o MBL, movimento que levou milhões às ruas e ajudou a eleger em primeiro turno o aumento da velocidade nas marginais. É como se aqueles quatro gols em seis minutos tivessem criado um buraco negro, um bueiro cósmico, um ralo no espaço-tempo que, desde então, vem engolindo qualquer possibilidade de bom senso.

Se eu tivesse nascido na Somália ou na Maré talvez não estivesse surpreso, para a maioria esmagadora da população mundial a vida sempre foi um 7 × 1 constante, uma luta para fugir da guerra, encontrar água, alimentar os filhos, mas eu nasci em São Paulo, numa família de classe média, cresci num curto período em que as coisas pareciam estar melhorando. Foi uma exceção? Ou exceção é o que estamos vivendo agora? A história tem alguma lógica ou é mesmo essa patacoada cheia de som e fúria, sem sentido algum, contada por um idiota?

O porteiro termina seu cigarro e some por um alçapão, já não ouço o amolador de facas, mas o sol continua, e eu sigo na janela por mais uns minutos, seis, que sejam, me agarrando à brisa bragueana.

22 de outubro de 2017

2018

Bem rápido e bem devagar

Teoria da Relatividade é daqueles assuntos com os quais todo mundo finge alguma familiaridade, mas quase ninguém sabe patavinas a respeito. O tempo é relativo. Bonito. Mas o que isso significa, no frigir dos ovos? Que se você frigir os ovos com enxaqueca vai parecer que demora dez horas e se frigir com a cabeça zerada e assoviando "Vai, malandra" parecerão dez segundos? (Aliás, alguém "frige" ovos fora da expressão "no frigir dos ovos"? Não. No frigir dos ovos, fritamos os ovos.)

Na PUC eu tinha um professor de Sociologia I muito picareta; toda vez que ele era questionado por alguma contradição, vestia uma expressão de infinita profundidade e, feito um Nietzsche da Monte Alegre, crente de estar derrubando a marteladas as muralhas do senso comum, mandava: "Tudo é relativo". Pausa dramática. "Albert Einstein."

Sem pretensão de pontificar sobre física e sabendo dos riscos de cair na cova rasa da relatividade-ostentação, confesso que, nos últimos anos, tenho percebido algumas peculiaridades na passagem do tempo. Como explicar? Sinto que o tempo tem passado muito rápido e muito devagar — ao mesmo tempo.

Pense no 7 × 1. Parece que foi ontem que levamos aquela saraivada, que o David Luiz corria em círculos como o Louco do Mauricio de Sousa, que você voltava de um xixi perguntando "É replay?" e te respondiam, "Não, é gol, o terceiro desde que você foi fazer xixi." Eu diria que o 7 × 1 foi no ano retrasado, no máximo, mas já se passaram quase quatro anos e em junho tem Copa de novo — por favor, dessa vez evite a qualquer custo fazer xixi.

Agora pense nas manifestações de 2013, iniciadas apenas um ano antes da Copa de 2014. Parece que passou uma década desde que ouvimos "Não é só pelos vinte centavos!", que a PM reprimiu um punhado de barbudinhos na Consolação como se fossem os visigodos derrubando o Império Romano, que a direita e a esquerda se viram batendo boca na Paulista e os "Sem partido!" venceram os "Fascistas, golpistas, não passarão!", que os grupos de WhatsApp das famílias se tornaram o Vietnã.

É como se 2013 tivesse vindo até 2018 de charrete e 2014 de carro, pela faixa de ônibus, num domingo. O percurso de 2013 pra cá é tão lento que mesmo o impeachment, em 2016, parece ter sido há mais tempo do que a Copa de 2014. (Bem, se pensarmos nos discursos dos deputados, parece que foi em 1912.)

A imagem do carro e da charrete é ruim. Penso agora num manco cuja perna direita dê passos curtinhos (é a perna 7 × 1) e a esquerda percorra um grande arco horizontal até chegar lá na frente (é a perna 2013). A perna do 7 × 1 anda só alguns centímetros cujos marcos na régua são a derrota pra Alemanha, a demissão do Felipão, o fiasco do Dunga, o sucesso do Tite.

Já a perna de 2013 percorre quilômetros da nossa história nacional e pessoal. Eleição, Dilma, Aécio, Joaquim Levy, Mercadante, Cunha, Lava Jato, "vice decorativo", "tem que estancar a sangria", impeachment, "pedofilia", "tem que manter isso aí", bate-bocas no Facebook, bate-bocas no grupo de WhatsApp da família, "tio Marcão saiu do grupo", "convida o tio Marcão de volta, pessoal!". "Vai pra Cuba!" "Globo fascista!" "Globo comunista!"

Estranho caminhar deste quinquênio, uma perna escrevendo uma quadrinha e a outra *Guerra e paz*. Como é possível? Expressão de infinita profundidade: "Tudo é relativo". Pausa dramática. "Albert Einstein."

7 de janeiro de 2018

Minha opinião: não tenho opinião

Vai ser como uma espécie de vegetarianismo mental. De abstemia intelectual. De castidade verbal. No começo, seremos vistos com estranhamento, como amish ou hare krishnas deslocados no tempo, mas não viveremos em fazendas arando o solo nem bateremos pandeiros, de bata cor de laranja, na esquina da Rebouças com a Brasil. Nossa estranheza, nossa radicalíssima estranheza, será simplesmente não emitir opinião.

A bunda da Anitta em "Vai, malandra" é uma conquista do empoderamento feminino brasileiro ou mais uma figurinha no vasto álbum do machismo mundial? O Enem pode proibir que jovens defendam teses contra os direitos humanos ou deve permitir em nome da liberdade de expressão? Assistir aos filmes do Woody Allen depois das acusações da filha adotiva é saber separar o homem da obra ou ser conivente com o crime? Comer chia orgânica ou farelo de quinoa é adotar uma dieta saudável valorizando as tradições latino-americanas ou sucumbir à paranoia do evangelismo nutricional dos Estados Unidos? Céus. Hoje em dia, sem uma visão crítica, um posicionamento político e um embasamento teórico não é mais possível nem chupar um Chicabon. Ou melhor: não era.

Veremos todos esses assuntos surgindo na mesa do bar, brotando como ervas daninhas no gramado verdejante do WhatsApp, passando por nossas timelines como garrafas PET boiando no córrego sujo das redes sociais e não sentiremos mais a urgência do debate, a comichão da última palavra, a obrigação de sermos os vigilantes da verdade, os patrulheiros do bom senso, os bombeiros da razão. Diremos apenas: "Lamento, eu parei de emitir opinião".

As pessoas reagirão espantadas, levemente irritadas, como quando alguém recusa a carne num churrasco ou a bebida numa festa: "Mas você nunca emite opinião?". "Às vezes, no fim de semana, com a minha mulher ou algum amigo, mas evito." "Você parou de uma vez ou foi diminuindo?" "Diminuindo. Primeiro parei de emitir opinião no Facebook, depois no Twitter até que finalmente, semana passada, cortei também a opinião off--line." "Você não acha que parar de emitir opinião é um comodismo covarde, é deixar que os outros decidam o que é certo e o que é errado num momento importante do debate mundial?" Você vê o textão se estruturando na tela da sua consciência como o cúmulo-nimbo se formando num céu azul, então respira fundo, busca pensamentos prazerosos — a gargalhada dos seus filhos, um mergulho no mar, "Blackbird", dos Beatles: "Desculpa, não posso responder a essa pergunta pois seria emitir uma opinião".

O caminho não será fácil. Muitas opiniões aparecerão condenando os sem opinião — escapistas! Individualistas! Hedonistas! — mas seremos fortes. Aplicaremos a resistência pacífica de um Gandhi, a teimosia revolucionária dos negros norte-americanos na luta pelos direitos civis: contra os sabres argumentativos, as baionetas do sofismo e o napalm da execração pública, ofereceremos nosso zen-mutismo.

O esforço há de valer a pena. Quando o mundo estiver pegando fogo, quando a turma dos pró, dos contra e dos "os pró e os contra não entenderam nada, a questão não é 'sobre isso', é 'sobre aquilo', suas bestas!" estiverem se enfrentando em suas batalhas de Stalingrado cotidianas, nós sorriremos como quem (não) encontrou a verdade e flanaremos incólumes feito Jesus caminhando sobre as águas. Chupando um Chicabon.

21 de janeiro de 2018

Alala x

Deus — em quem não acredito — e meus três ou quatro leitores — tenho fé que existam — são testemunhas do quanto eu já usei meu espaço de cronista para defender o politicamente correto. A luta pelos direitos das minorias é um avanço civilizatório e desaprovar a manifestação dos preconceitos faz parte dela. Melhor os racistas sentirem-se constrangidos do que os negros. Melhor reprimir o machismo do que as mulheres. E por aí vai.

De uns tempos pra cá, no entanto, o discurso politicamente correto parece ter perdido um pouco a noção do que é lutar pelos direitos das minorias e o que é ver cabelo em ovo. E proibir o cabelo no ovo. Porque o cabelo desrespeita os direitos do ovo. A ovacidade calva do ovo. Numa sociedade que estigmatiza os que não têm cabelo. Principalmente as mulheres sem cabelo. Aliás, antes de discutir o cabelo no ovo, temos que discutir o artigo o. Chamemos de x ovx. Chamemxs de x ovx. Não, não chamemos de nada, porque chamar o ovo de ovo já é impor a ele uma existência de ovo, com todas as conotações sociais que a ideia de ovo traz. E se o ovo quiser ser um dado? Ou uma nuvem? Diante do ovo, resta a nós que não somos ovo apenas o respeitoso silêncio.

O último cabelo em ovo a que tive acesso foi um vídeo chamado "Fantasias para não usar neste Carnaval", que veio encalhar na curva de rio sujo que é o meu Facebook. Quando comecei a assisti-lo, achei que era uma sátira feita por algum grupo de direita. Algum Porta dos Fundos do MBL. Mas, pro meu espanto, era a sério.

Homem vestido de mulher: por que está errado? Além da ideia ser machista e desrespeitar as mulheres, ela também é preconceituosa contra as pessoas trans e apenas reforça os estereótipos de gênero. Índio ou índia. Ela pega uma (sic) cultura ampla e diversa e a constrói de forma estereotipada e generalizada. De que adianta usar um cocar para curtir um bloco de Carnaval quando a população indígena é vítima de genocídio? Não vou brindá-los com a exegese das fantasias de cigano ou muçulmano. O Google tá aí.

Homem vestido de mulher é machista?! Um barbudo de tutu e sutiã não está dizendo que mulheres são risíveis, está dizendo que ele, que não é mulher e é barbudo, torna-se risível de tutu e sutiã. Tampouco está dizendo que um ser nascido anatomicamente homem não pode se assumir e ser tratado como uma mulher. Ele, o barbudo, não é mulher. A graça está no choque entre pessoa e fantasia, assim como um indígena não é engraçado, o branquelo de óculos e cocar, é.

Carnaval é a festa da inversão há muitos séculos. No clássico *A cultura popular na Idade Média e no Renascimento*, o filósofo russo Mikhail Bakhtin fala das missas do asno, quando se punha um burro no altar das igrejas para rezar a missa. Plebeus se vestiam de nobres, nobres de plebeus. Homens de mulher, mulheres de homem. Longe de reforçar estereótipos, a inversão contida nas fantasias e o humor que ela traz quebram a hierarquia, desconstroem a sacralidade dos lugares estabelecidos, ensinam a nós, como bem colocou o historiador Paul Veyne, que o que é poderia não ser. Exatamente o que uma esquerda esclarecida, crítica e aberta à complexidade deveria fazer.

É desesperador. As eleições estão aí adiante, e a esquerda empurra os eleitores pro colo da direita ao apresentar-se com a fantasia mais grotesca deste Carnaval: ombudsman do Cacique de Ramos.

11 de fevereiro de 2018

Uma abordagem indevida

Já mencionei em outra coluna: nos vinte anos em que, como escritor, participo de feiras literárias ou bate-papos com o público, raríssimas vezes não me perguntaram como fica o humor diante da "patrulha" do politicamente correto. Nem uma única vez, contudo, me perguntaram o que eu achava de piadas racistas, machistas, homofóbicas ou preconceituosas, em geral.

Não é que eu discorde da existência de "uma patrulha", nem discordo que, em meio a avanços importantes promovidos pelo PC, haja alguns exageros, anseios puritanos ou totalitários. Mas é sintomático e revelador que, se tomássemos como lente apenas os eventos literários, sairíamos com a impressão de que o grande oprimido no Brasil é o escritor branco, heterossexual, no topo da pirâmide social, amordaçado pelas minorias. A realidade, óbvio, é bem diferente.

Nesta semana, enquanto o Exército se espalhava pelo Rio de Janeiro, um vídeo feito por e para negros viralizou na internet: "Intervenção do Rio: dicas para sobreviver a uma abordagem indevida". Veja: "dicas para SOBREVIVER". Semana passada um garoto foi agredido a coronhadas no banheiro do shopping Pátio Higienópolis, aparentemente, por ser gay. Nem precisamos falar do assédio sobre as mulheres em locais de trabalho, violência doméstica, estupros.

Se o politicamente correto contribui ou não na luta pelos direitos das minorias é sem dúvida uma indagação pertinente. Coibir o uso de palavras como "negão", "crioulinho", "veado", "favelado" ou "vagabunda" é um passo na diminuição dos preconceitos? (Acho que sim.) Ou o Photoshop verbal apenas aumenta as tensões sob o tapume da hipocrisia? (Pode ser, também.) São questões complexas e que precisam ser discutidas profundamente, por todas as partes envolvidas.

Na última segunda, a *Folha* deu um passo atrás nesta discussão ao realizar o debate A Guerra das Palavras: os Limites do Politicamente Correto. O primeiro dos três homens brancos, heterossexuais e do topo da pirâmide social a ser chamado ao palco, o que abriu a conversa e o que deu a última palavra sobre o assunto foi o jornalista William Waack.

É razoável discordar da extrapolação do conceito de lugar de fala, que só acha legítimo negros falarem sobre negros, gays sobre gays, indígenas sobre indígenas. Maior extrapolação, porém, parece-me acreditar que gênero, cor da pele, classe social ou orientação sexual não têm qualquer influência sobre a nossa visão de mundo e que três representantes do extrato social mais privilegiado dão conta de resolver um imbróglio que gira, entre outras coisas, em torno do privilégio. Considerando-se ainda que um desses homens acaba de sair das manchetes por ter afirmado, diante de buzinadas irritantes, que aquilo era "coisa de preto", fica a impressão de que não se buscava um debate, mas firmar uma posição.

Uma das críticas que se faz ao politicamente correto é sua ênfase numa suposta "vitimização". Pois não há "vitimização" mais difícil de engolir do que acreditar que na "guerra das palavras" do Brasil atual a voz que corre mais perigo de ser calada e que deve ser defendida num evento do jornal é a do homem branco, heterossexual, do topo da pirâmide.

Dois dias depois da mesa sobre a "patrulha" do PC, a *Folha* trouxe na primeira página a foto de outra patrulha, esta do Exército — um fuzil em primeiro plano —, revistando crianças numa favela carioca. Todas as crianças eram negras.

25 de fevereiro de 2018

São Paulo para os motoristas

Em 2018 o prefeito João Doria (PSDB) investirá mais em asfalto (550 milhões de reais) do que em educação (168 milhões) e saúde (545 milhões), segundo matéria de Artur Rodrigues, quarta, 28, na *Folha*.* (Os valores se referem somente a investimentos, excluído o custcio — aqueles reais que a prefeitura já gasta todo ano para manter a educação e a saúde devidamente esburacadas.) O programa de recapeamento chama-se Asfalto Novo e deve ser a maior vitrine do prefeito em sua provável candidatura ao Palácio dos Bandeirantes.

Acho coerente. Lembremos que Doria foi eleito não só pela grande novidade que trouxe à política nacional — o sapatênis —, mas pela promessa de aumentar a velocidade nas marginais: "Acelera São Paulo" era seu slogan. A medida ia contra as esta-

---

* Artur Rodrigues, "Troca de asfalto vira bandeira de Doria em 'reta final' na prefeitura", *Folha de S.Paulo*, Cotidiano, 28 fev. 2018. Disponível em: <www1.folha.uol.com.br/cotidiano/2018/02/troca-de-asfalto-vira-bandeira-de-doria-em-reta-final-na-prefeitura.shtml>. Acesso em: 10 ago. 2022.

tísticas sobre mortes no trânsito, contra as opiniões dos engenheiros de tráfego e contra a tendência nas principais metrópoles mundiais, o que só demonstra o livre pensar do prefeiTOP e sua crença na primazia do indivíduo sobre o coletivo. Coletivo, aliás, é coisa de comunista. Agir de acordo com números, estudos acadêmicos e consensos internacionais também é coisa de comunista. A velocidade, inclusive, tinha sido reduzida pelo comunista Haddad; o paulistano, que já estava farto da roubalheira do PT, não deixou barato o furto de seus 20 km/h, engatou uma quinta e elegeu o Doria em primeiro turno. Quer andar devagarinho? Vai pra Cuba! (Duvido que algum daqueles calhambeques chegue a 90 km/h.)

Há quem tenha achado a decisão de aumentar os limites de velocidade, além de irresponsável, desimportante. Discordo e muito. Como as principais vítimas em acidentes de trânsito são motoqueiros e pedestres, o "Acelera São Paulo" foi não só um marco na luta pelos direitos individuais como um evidente avanço sobre a pobreza.

Na campanha para o governo, Doria não deveria se intimidar com as críticas, devia radicalizar o discurso, continuar fazendo seu "vezinho" da vitória de lado e sair com o slogan "São Paulo para os motoristas". O lema da nossa capital é o *Non ducor, duco*, "Não sou conduzido, conduzo", ou seja, este não é um estado para quem anda de ônibus ou metrô, é um estado para quem está no volante. Convenhamos, a pessoa não conseguiu ganhar dinheiro nem pra comprar um Corsa e agora quer que o estado cuide dela? Isso é "coitadismo", é "vitimismo". Somos a favor da meritocracia. E do sapatênis.

"Ah, mas governar só pros motoristas é elitismo!", vão dizer nas redes sociais. Não, é governar pra quem merece. Pro cidadão de bem. Você já viu um motorista ao volante fumando crack? Roubando bolsa? Pichando o décimo andar de um prédio? Não, é sempre pedestre. Coincidência? Não me parece. Combatendo o pedestre estaremos combatendo grande parte dos males que assolam nossas cidades. (O "sola" dentro de "assolam" não é mera coincidência.)

Não digo que o Doria, uma vez eleito governador, deva proibir as pessoas de andarem a pé. Proibir é coisa de comunista. Devia era liberar as calçadas para os carros. Assim, naturalmente, os pedestres desaparecerão. Sem pedestres, deve chegar a zero o número de atropelamentos, desafogando o tráfego e permitindo que o motorista paulista, o motorista empreendedor, o motorista meritocrata, o motorista de bem faça mais rápido, com sua família, o trajeto da casa ao shopping — este sim um lugar onde as pessoas devem andar a pé. De forma ordeira. E de sapatênis.

4 de março de 2018

Que fim levou o "Chupa!"?

Foi o querido amigo Chico Mattoso quem me abriu os olhos (ou melhor, os ouvidos) para o discreto desaparecimento daquele indiscretíssimo fenômeno sócio-desportivo-cultural brasileiro, o "Chupa!".

Até poucos anos atrás, não havia um Corinthians × Palmeiras, um Ponte Preta × Mirassol, um "com camisa" × "sem camisa" na praia que não levasse torcedores a bradar, altivos e altíssonos, pelas janelas anônimas da metrópole (ou pelos guarda-sóis anônimos da orla), "Chuuuuupa, porcada!", "Chuuuuupa, macaca!", "Chuuuuupa, zagueiro de sunga verde e pochete jeans!".

Não era nem preciso haver jogo. Vez por outra, no meio da madrugada, um cidadão entediado, oprimido, quem sabe, pelo chefe cretino, amargurado pelo casamento falido, vivendo com uma conta-corrente que encolhe num universo que se expande à revelia de seus méritos e desejos, enfim, o cidadão simplesmente abria a janela às 2h37 e abandonava a obscuridade lançando seu "Chuuuuupa, gambá!" na escuridão. Depois tomava uma água do filtro e ia dormir. Pois na última semana tivemos Santos ×

Palmeiras, Corinthians × São Paulo, Corinthians × Palmeiras e o número de "Chupas!" registrado no meu quarteirão foi o menor desde o início da série histórica (*circa* 1998): três. No Mandaqui, segundo relatos, houve um único "Chupa!". Em Perdizes, dois.

O Chico acha que é ressaca das panelas. Como se os protestos dos últimos anos tivessem exaurido as janelas. A pessoa se pôs a castigar as caçarolas na fenestra acreditando que iria acordar num país melhor e despertou no colo do PMDB: talvez agora tenha medo de gritar "Chupa!" e no dia seguinte descobrir que o técnico do seu time é o Michel Temer. Que o capitão da Seleção é o Romero Jucá. Que a final do campeonato será interrompida pela juíza Cármen Lúcia porque dois supremos bandeirinhas têm compromissos inadiáveis.

Pode ser, pode ser, mas eu suspeito que o "Chupa!" começou a minguar bem antes. O "Chupa!", desconfio, foi chupado pelos bate-bocas nas redes sociais. Quem gritava na janela hoje se estapeia no Facebook, troca pontapés no Twitter. Pra que gastar a voz num quarteirão se você pode espalhar sua bílis pelo globo? E pra que investir todo o ódio em dois ou três times rivais se você pode diversificá-lo aplicando-o em política, cinema, orientações sexuais, hábitos de consumo, vestuário, clipes de música, fantasias de Carnaval?

Há quem visse no "Chupa!" o exercício da homofobia, a semente da violência nos estádios. Discordo. As mulheres também gritavam chupa e todos os participantes, homens ou mulheres, corintianos ou palmeirenses, com ou sem camisa, no dia seguinte dividiam pacificamente o balcão da padaria, ignorando de que janela havia vindo qual grito, incapazes de deixar comentários raivosos nas persianas ou bloquear esta ou aquela esquadria de alumínio.

Ou será que o "Chupa!" era mesmo uma coisa horrível e que o mundo piorou tanto que hoje parece até inocente, até romântico, coisa de meninos no recreio que ainda não sabiam que muito em breve as diferenças iriam ser resolvidas na bala, para o horror ou, pior, o júbilo da nação?

As coisas hão de melhorar, amigos. O jogo só acaba quando termina e ainda gritaremos na janela, no fim desta noite suja: "Chuuupa, 2018!".

1º de abril de 2018

Nunca antes na história deste país

É sexta-feira. São 18h02. Passei o dia com o controle remoto na mão e um gosto amargo na boca, esperando o Lula se entregar à polícia. No meio da tarde, mandei e-mail pro jornal, avisando que iria atrasar. Nunca foi tão difícil escrever uma coluna.

Me sinto agachado numa trincheira entre o tiroteio dos que acreditam que a prisão do Lula é um complô dos brasileiros ricos com a CIA e o Moro para entregar nossas minas de nióbio ao capital estrangeiro e os que têm certeza absoluta de que o Lula é a encarnação do mal e que sua prisão representa um momento ensolarado da nossa história, sinal de que caminhamos a passos largos para um futuro virtuoso. Qualquer um que tome um destes dois lados está, como se diz por aí, ou mal informado ou mal-intencionado. Ou ambos.

Tom Jobim disse que o Brasil não era para principiantes. A realidade, de 2013 para cá, prova que o Brasil não é nem sequer para iniciados. Vamos levar alguns anos, talvez muitos, para entender o sentido do que está se passando.

Os acontecimentos são ambivalentes, polivalentes, contraditórios. Lula foi de longe o melhor presidente que este país já teve e foi condenado porque de fato recebeu de presente um apartamento de uma empreiteira que desviou rios de dinheiro público e despejou parte desta fortuna nos cofres do PT. A Lava Jato é um avanço indiscutível num país em que a impunidade é a regra e a Lava Jato é parcial e atropela direitos. É preciso ser um avestruz e enfiar a cabeça na própria bolha do Facebook para não aceitar todas essas afirmações como verdadeiras.

A eleição do Lula foi um sopro de esperança num país que, desde sempre, foi governado pela mesma meia dúzia, para a mesma meia dúzia. Houve um momento na década passada em que todos, mesmo aquela meia dúzia (que, aliás, continuou governando ao lado do Lula), acreditamos que o Brasil ia dar certo. Que éramos como Mané Garrincha, apesar das nossas pernas tortas, por causa de nossas pernas tortas, sairíamos driblando como ninguém. Lula era o protótipo do sonho brasileiro, o *self-made man* tupiniquim vindo da miséria em Garanhuns e eleito presidente, o personagem mais brasileirissimamente hollywoodiano que este país já produziu. E milhões saíram da miséria. E milhares conseguiram bolsas em faculdades. E a economia cresceu. E roubou-se a torto e a direito.

Roubou-se como "nunca antes na história deste país"? Impossível saber, porque antes não se investigava. Veja como é contraditório: Lula só foi preso porque deixou que o Ministério Público e a Polícia Federal agissem sem amarras, como "nunca antes na história deste país". Mas o fato de que sempre se roubou não legitima a roubalheira do PT. E haver roubalheira no PT não deslegitima tudo de bom que o PT fez. Não foi pouco — nem o que fez de bom, nem a roubalheira. O Brasil não é para principiantes. Nem para iniciados.

Logo após vencer as eleições de 2002, Lula disse que "A esperança venceu o medo". Com toda a corrupção revelada pela

Lava Jato, com o desastre econômico do governo Dilma e a hábil orquestração dos abutres que agora estão no poder, lavando todos os seus pecados nas águas do antipetismo, o medo está de volta. A prisão do Lula é a prova definitiva de que aquela esperança morreu. Viva a esperança!

8 de abril de 2018

O sol de maio

Saímos do escritório na sexta, umas seis da tarde. A Bruna vai levar o filho numa festa, o Thiago vai pegar a Maria Clara na escola, eu e o Chico subimos a rua a caminho do shopping, onde vamos comprar presentes de dia das mães para as nossas mulheres. O sol brando de maio parece um prêmio para os nossos esforços.

Passamos uma semana brigando com a história. Na quarta-feira acreditamos que havíamos vencido, que a trama se sustentava como a estrutura de uma casa, mas na quinta de manhã o episódio desmoronou diante dos nossos olhos. "Este personagem jamais agiria assim." "E o final? Como pudemos achar crível?" Trabalhamos com roteiro há um tempo, não desanimamos: erguemos do chão as vigas, os pilares, os tirantes, os caibros, pusemos tudo de pé outra vez, com outros pontos de apoio, outros encaixes: funcionou.

Subimos a rua com esta satisfação ao mesmo tempo heroica e comezinha que um trabalho realizado traz. Falamos do episódio, depois das mulheres, dos filhos. Por um instante posso nos ver de fora: ali vão dois homens em paz. Aos poucos, porém, o papo migra pras manchetes dos jornais. Avança na Câmara o projeto "Escola sem Partido", que proíbe falar em "gênero" ou "orientação sexual" nas salas de aula. Exposições estão sendo censuradas. Artistas são vistos como párias por uma boa parte da população. As eleições de outubro podem ser catastróficas. No mundo todo o Estado do bem-estar social, esse filho pródigo do século XX, resultado do enlace furioso e profícuo entre o liberalismo e o socialismo — tão diferentes entre si, sob certos aspectos, mas ambos filhos do iluminismo, ungidos na pia batismal da Revolução Francesa —, está dando lugar a um autoritarismo raivoso, excludente, obtuso. Uma nuvem carregada esconde o sol.

Nos vejo de fora não mais no espaço, mas no tempo. Será que esses dois homens subindo a rua em paz, criando histórias para uma série, indo comprar presentes para suas mulheres, são a imagem de um mundo em vias de desaparecer, como dois judeus na Alemanha, em 1932, como a protagonista de O conto da aia, antes da ascensão do totalitarismo teocrático?

Dias antes, comento, ouvi uma entrevista com o dirctor tcheco Miloš Forman (Um estranho no ninho). Em 1944, Forman tinha dez anos e vivia em Praga. Certa noite, assistia das coxias a uma opereta da companhia teatral para a qual seu irmão mais velho trabalhava. No meio de um número animado, a cantora começa a chorar e sai correndo do palco. O diretor entra em cena, pede desculpas e explica que não poderão continuar. Naquele dia os alemães haviam, nas palavras de Forman, "cancelado a cultura". Na manhã seguinte todos os teatros, cinemas e museus seriam fechados, todos os atores, músicos, artistas, pintores, bibliotecários, poetas, enfim, todos aqueles que trabalhavam com arte deveriam se apresentar às fábricas e ajudar a produzir armamentos para a vitória do Terceiro Reich.

Parece inimaginável, hoje, mas também deve ter parecido

inimaginável num fim de tarde ensolarado, na Alemanha, em 1932, quando dois judeus voltavam para casa depois do trabalho, ou em Praga, na mesma tarde, quando as cantoras aqueciam a voz nos camarins, ou quando a protagonista de O *conto da aia* tomava um dry martíni com o namorado, na cozinha, antes de seu mundo ruir. Havia nuvens carregadas no céu, "mas vai passar", devem ter pensado, como nós pensamos naquela sexta-feira, a caminho do shopping.

20 de maio de 2018

O canto dos cines

Minha mãe aponta algo à esquerda do carro e demoro a enxergar, pois meus olhos têm que fazer a transição entre a calçada iluminada pelo sol fino do inverno petropolitano e o interior penumbroso do edifício — à primeira vista, vejo apenas uma tela cinza recortada na parede.

O cenário, enfim, entra em foco. O mezanino continua intacto, colunas ao fundo, um lustre lá no alto, as fileiras de poltronas com os assentos levantados, como se em breve fosse começar a próxima sessão do Cine Capitólio, mas sessão nenhuma vai começar, pois na parte de baixo da plateia as poltronas deram lugar aos carros, dezenas deles, por todos os lados: oito reais a primeira hora, quatro as subsequentes, "cartão só débito". Não sei se o insólito da cena me remete mais a 8 1/2, a que meus avós assistiram ali, em 1965, ou a *Mad Max*.

Daria um bom livro de fotografia: "Como morrem os cinemas". Retratos da glória e da tumba, no mundo todo, a serem clicados por Sebastião Salgado ou Robert Polidori. Este aqui virou estacionamento. Aquele outro é Igreja Universal. Este é um pet shop. Aquele, supermercado. Agência bancária. Lojas Americanas. Mundoplast — tudo em plástico pra você!

Curioso como, onde fenece um cinema, jamais vicejam bons frutos. Nunca ouvimos "Tá vendo essa cerejeira, aí no parque? Era a bilheteria do Cine Majestic". "Aqui, onde agora funciona este jardim da infância, era o Cine Lumière." "Essas piscinas públicas foram cavadas no chão da plateia em que assisti pela primeira vez a *Os fuzis*, do Ruy Guerra."

Uma S-10 embica no estacionamento, acende os faróis e antes que desça a rampa ilumina por um instante as poltronas do mezanino: é como se depois de muitos anos um filme estivesse sendo projetado ali dentro.

Não posso deixar de pensar que nós, na rua, somos esse filme, passando no retângulo da porta da garagem. (De fato, perto de onde agora está a entrada cinzenta da garagem ficava a tela branca do cinema.) O filme é a história das últimas décadas: primeiro o VHS, depois o DVD, então os downloads, o streaming, as telonas dando lugar às telinhas, as plateias aos sofás, os drops de anis às pipocas de micro-ondas.

Não quero ser hipócrita, faço parte das estatísticas. Vou cada vez menos ao cinema, assisto a cada vez mais filmes e séries em casa. Tento me convencer de que está tudo certo, não importa como os filmes são vistos, importa é que sejam vistos, mas há algo de despudorado naquele mezanino pairando sobre os carros, algo que parece transcender o audiovisual. É como o cadáver insepulto de uma época empalado na entrada da época seguinte, a alertar os passantes para as novas leis em vigor.

Vejo Trump comemorando a vitória da virilidade automobilística sobre a veadagem de Hollywood. Vejo Bolsonaro esbravejando contra a subvenção estatal da arte degenerada. Vejo um pastor neopentecostal encontrar na Bíblia alguma passagem inconteste em que Deus advoga contra os perigos da sétima arte.

O mais triste de tudo: vejo manobristas engatando a primeira e a ré sob o mesmo teto em que Marcello Mastroianni beijou Claudia Cardinale. E assim termina nossa história, num fade-out de fuligem e monóxido de carbono.

22 de julho de 2018

Fora, Waze comunista

A eleição do Trump, a vitória do "Brexit", o recrudescimento do racismo, da xenofobia e da intolerância, Putin, Erdoğan, Le Pen e Bolsonaro, tudo culpa do Facebook; o álbum de figurinhas do senhor Zuckerberg amplifica a voz dos imbecis, divulga fake news, agrupa os radicalismos em piscinas de bolinhas e encaminha o mundo para a cucuia — dizem.

Acredito, porém, que há outra ferramenta tecnológica com maior influência no atual murundu político global para a qual não estamos dando qualquer importância: o Waze. Veja, nenhum movimento fascista tem sucesso se não houver à sua disposição um exército de homens insatisfeitos, homens emasculados que precisam desesperadamente ter suas virilidades reafirmadas.

O que foi o século XX senão um contínuo ataque à virilidade masculina? Mulheres ganharam o direito de votar, de se desquitar e de nos mandar às favas. O homem branco, hétero e cis — a farinha de qualquer massa fascista — viu com desespero a ascensão dos negros, dos gays, das pessoas trans, a crescente hegemonia do politicamente correto.

Há poucas décadas um homem branco, hétero e cis paupérrimo ainda podia se sentir minimamente poderoso, pois tinha assegurado seus direitos inalienáveis — que certo candidato à Presidência pretende resgatar — de maltratar a esposa, de espancar os filhos, de enforcar um ou outro estrangeiro, de vez em quando.

Tudo isso acabou. Chegamos ao século XXI e o que restava ao homem branco, hétero e cis? Onde ele afirmava a sua última gota de potência? No carro, ao se perder e se recusar a pedir informação. Pra muitos de nós, estar perdido e não pedir informação era o ápice da masculinidade possível.

O sujeito numa contramão escura da Vila Guilherme, tentando chegar ao Butantã, a mulher ao lado arrancando os cabelos, "Valdemar, pelamordedeus, pergunta na padaria!" e o Valdemar lá, movido pelo desejo cego de autodeterminação, botando pra funcionar os genes herdados de seus antepassados navegadores, que por sua vez os herdaram de Moisés, perdido no deserto e recusando-se a aceitar qualquer orientação que não viesse diretamente de Javé.

O Valdemar podia ser pobre, sub do sub, infeliz, mas perdido e sem pedir informação ele se sentia capitão da sua nau. O "Duci" de seu Chevrolet. Horas depois — às vezes dias — o Valdemar finalmente chegava ao Butantã. Frustrado? Não! Rejuvenescido, crente em sua força, seguro de sua masculinidade. E um homem seguro de sua masculinidade não se junta às hordas fascistas, não violenta mulheres, não chuta quem tá caído.

Perder-se e não perguntar o caminho era um purgante da imbecilidade masculina. Os gregos tinham a tragédia como fonte de catarse: nós tínhamos a turronice ao volante — o que era ainda melhor do que a tragédia grega, pois na tragédia o herói invariavelmente sucumbia ao seu destino, enquanto o homem perdido no carro quase sempre o atingia — ou morria tentando.

Aí surge esse algorítmico subversivo chamado Waze. Ele manda o homem sair da pista expressa e ir para a pista central. Depois manda sair da pista central e voltar pra pista expressa. Depois retornar à pista central. Na frente da esposa do homem. Na frente dos filhos do homem. E o que pensa o homem, eunuco, curvado sob o látego do GPS? "Basta! Isso foi longe demais! *Make America great again!* Vamos fazer o Brasil grande, de novo!"

Sugiro banirmos o Waze imediatamente. Antes nos perdermos na Vila Guilherme do que perder, definitivamente, os rumos da civilização.

26 de agosto de 2018

Pacote Master Burro

Responda rápido: você é a favor da cirurgia ou do tratamento clínico? É uma pergunta absurda, evidentemente, que só pode ser respondida com outra pergunta: cirurgia ou tratamento clínico para quê? Afinal, ninguém em sã consciência sugeriria tratar com xarope um infeliz que desse entrada no hospital com uma bala no coração, nem recomendaria mandar pra faca um sujeito com crise de rinite alérgica. Imagina se o mundo se dividisse assim: metade os dogmáticos do comprimido, metade os absolutistas do bisturi?

Pois de uns tempos pra cá, sobre diversos assuntos, é com a mesma cegueira que nos cindimos. Ou você acha que ser, à priori, "a favor da privatização" ou "a favor da estatização" é menos equivocado do que ser, à priori, a favor do bisturi ou do medicamento? Privatização do quê? Pra quê? Como? Estatização do quê? Pra quê? Como?

No mundo dogmático do Fla × Flu, se você se diz um liberal, deve aceitar o "Combo Private Plus" completo e ser favorável à venda de todas as empresas públicas da noite pro dia, de porteira fechada, de qualquer jeito, mesmo que não haja clareza das intenções nem das obrigações dos compradores.

Já se você é de esquerda e acredita que o estado tem algum papel na economia e na organização da sociedade, deve ter ojeriza às palavras "iniciativa privada" e suspirar nostálgico lembrando dos bons tempos da Telebras, quando uma linha telefônica custava milhares de dólares e era motivo de briga entre herdeiros. (Não há exagero aqui, jovens, até poucas décadas linha telefônica entrava no testamento.)

Se você acredita que o impeachment foi legítimo, deve subscrever o pacote "Antipetralha Master", afirmando que a Dilma era a chefa da quadrilha que instituiu uma novidade chamada corrupção nesta impoluta Dinamarca dos trópicos, que o Bolsa Família é compra de votos, que faixa de bicicleta vermelha é propaganda comunista.

Caso acredite que o impeachment foi golpe, deve comprar o combo "Conspira-São Lula": a política econômica dilmista estava certíssima, o petrolão nunca existiu, qualquer possível erro ou crime num governo do PT é invenção da CIA.

Politicamente correto: ou é o grande legado da emancipação de minorias historicamente reprimidas, logo tudo o que se fizer em seu nome está certo de antemão e qualquer um que desviar uma vírgula das suas 1487 cláusulas é Adolf Hitler, ou: o politicamente correto é um complô dos vietcongues maconheiros trans que querem chegar ao poder destruindo a família tradicional para obrigar todas as criancinhas a se tornarem vietcongues maconheiras trans.

Não há matiz. Não há complexidade. São visões de mundo hermeticamente fechadas. No fast food do debate atual, se você quer o Big Mac (digamos: acha o politicamente correto um avanço civilizatório), tem que levar a batata frita (digamos: negar, diante de todas as provas, que o O.J. Simpson, negro, tenha realmente assassinado a esposa, branca).

Se você quer o Quarterão com Queijo (digamos: é a favor de certas privatizações), tem necessariamente que beber a Coca-Cola (digamos: ser contra qualquer subvenção estatal para a cultura).

A mesma burrice totalizante está nas trincheiras da esquerda e da direita. Acontece que a direita, para variar, é muito mais organizada do que a esquerda. Não admira, portanto, que tenha 20% de intenção de votos um açougueiro cuja única solução, para todos os problemas, é meter a faca.

2 de setembro de 2018

Imagina eu num pau de arara?

Caro (e)leitor, cara (e)leitora, se você gosta das minhas crônicas e pretende votar no Bolsonaro, *spoiler alert*: no caso de uma ditadura como a que já foi mais de uma vez aventada pelo capitão e seu escudeiro Mourão, eu sou o típico sujeito que vai pro pau de arara ou "desaparece". Como é extremamente difícil digitar de cabeça pra baixo e ter boas sacadas "desaparecido", talvez seja de bom-tom, enquanto ainda me encontro com os pés cravados no chão e sem balas cravadas na testa, sugerir que mudem de candidato — ou de cronista.

Caso optem pela segunda opção, lá por 2020, 2021, quando o bicho estiver pegando, quando as atitudes autoritárias do governo houverem gerado protestos e os protestos derem a desculpa para revogarem os direitos individuais em nome da "restauração da ordem" contra as "forças da anarquia" — esse "Vale a Pena Ver de Novo" que reprisamos a cada três ou quatro décadas em nossa "democracinha" —, quando, enfim, eu, digamos, der uma morrida, vocês não perderão um colunista.

O (e)leitor pode achar que exagero. Também acho absurdo,

às vezes, pensar que eu poderia ser assassinado por uma ditadura em pleno século XXI, no Brasil, mas aí ligo a TV, abro o jornal, atolo no Facebook e vejo as declarações do candidato. Lá está o Bolsonaro dizendo que esse país só vai dar certo quando fizermos "o trabalho que o regime militar não fez, matando uns trinta mil". Se ele falasse em matar três mil eu me calaria, humildemente, ciente de que tem gente muito mais importante para ser assassinada antes de mim. Mas pra uma baciada de trinta mil, sem dúvida eu me qualifico.

"Ah", dirá o leitor, "é entrevista antiga, de 1999. O Bolsonaro já disse que mudou de ideia". Bom, mês passado o candidato gritou num comício, usando um tripé de câmera como se fosse uma arma, "vamos fuzilar a petralhada aqui do Acre!". Eu não sou petista. Sou, como escrevi anos atrás, "meio intelectual, meio de esquerda", hoje com inegável viés "meio coxinha, meio burguês", mas neste tipo de noite que se aproxima todos os gatos são rubros e até explicar que focinho de porco não é tomada um fio desencapado já pode estar ligando meu intestino à hidrelétrica de Itaipu.

"Ah", dirá o leitor, "o 'Mito' não fala sério! É brincadeira!". É? Em julho, no *Roda Viva*, Bolsonaro declarou que seu livro de cabeceira é *A verdade sufocada*, de autoria do coronel Carlos Alberto Brilhante Ustra, o chefe da tortura no DOI-Codi. Em 1975, Vladimir Herzog, um jornalista sem qualquer ligação com a luta armada, um cara assim como eu, pai de um filho de nove e outro de sete, se apresentou voluntariamente ao DOI-Codi para "esclarecimentos" e foi "suicidado" na base da porrada e do eletrochoque.

Não acredito que você, caro (e)leitor, cara (e)leitora que pretende votar no Bolsonaro, seja a favor dessa barbárie. Acredito que esteja desiludido, cansado, com raiva e coloque os abusos do passado na conta da Guerra Fria. Mas não estamos falando do passado. Estamos falando de hoje. De amanhã. Imagina eu, de cabeça pra baixo, nu, tomando choque, amanhã. Estranho, não é?

Você é de direita? Repudia o PT? Vote no Amoêdo. No Alckmin. No Meirelles. No Ciro. Na Marina. Em nenhum desses casos eu morro no final. Desculpa se pareço um pouco autocentrado, mas é que esta é a única vida que eu tenho; gostaria bastante de ver meus filhos crescerem e, se não for pedir muito, evitar choques em minhas partes pudendas. É um tanto incômodo, dizem os que sobreviveram ao ídolo do capitão.

23 de setembro de 2018

Que que a gente faz?

Uma amiga me liga, arfante. Acabou de ser assaltada no táxi. Arma na cabeça, coisa e tal. Quando se acalma um pouco vem um estranho sentimento de gratidão, afinal podia ter sido pior, está viva, não se feriu, que sorte a filha de onze meses não estar junto. Depois faz-se em silêncio que é pura desolação. "Que que a gente faz?", me pergunta.

Ela não se refere ao assalto, a como diminuir os índices de violência na cidade de São Paulo. A pergunta é mais ampla, a mesma que nos fazemos há alguns anos quando cai um prédio, uma vereadora é assassinada, um museu pega fogo, uma bala perdida mata uma criança, uma policial de 27 anos, de folga, é assassinada pelo PCC.

Meus filhos têm cinco e três anos. A vida deles coincide com a degringolada nacional. (A mais velha nasceu em julho de 2013. O parto ia ser num hospital na Paulista, mas no dia em que rompeu a bolsa havia uma manifestação em frente ao Masp e a médica sugeriu irmos para outra maternidade — a médica, aliás, estava na manifestação.)

Tal coincidência me traz uns sentimentos meio contraditórios: estes últimos cinco anos foram dos mais tristes da história do país e dos mais felizes da minha vida. Tiro os olhos do jornal cheio de desgraças e aqui do lado, na sala, vejo uma mini-Batman com tiara luminosa de chifrinhos vermelhos puxando por uma corda um triciclo com um moleque de cueca e luvas do Homem-Aranha. (Há poucos antídotos mais potentes contra o banzo atual do que uma mini-Batman com tiara luminosa de chifrinhos vermelhos puxando um triciclo com um moleque de cueca e luvas do Homem-Aranha.) Um lado meu suspira, aliviado. Outro lado se angustia: "Que que a gente faz?".

No começo do ano, passei com a minha filha pelo estádio do Pacaembu, onde uma enorme fila de torcedores sem camisa aguardava a abertura das bilheterias. "Eles são indígenas, papai?" Meu radar politicamente correto imediatamente ligou o alerta laranja: "Não, eles não são indígenas, eles são pessoas da cidade como eu e você". "Mas eles são marrons e não usam camisa. Eles são indígenas." Então abaixei um pouco a guarda e constatei que de fato nós éramos brancos e eles eram pretos e pardos e provavelmente havia naquela fila mais DNA indígena do que dentro do nosso carro. Senti um gosto amargo: minha filha estava tendo uma das primeiras aulas práticas de segregação racial e social.

Se eu quisesse mandar um sincerão, diria "Veja, a base da população é composta de pretos e pardos e a ponta por brancos, porque os brancos vieram pra cá e escravizaram os indígenas e trouxeram milhões de escravos negros e mesmo depois de quase 150 anos da abolição nós temos conseguido, com rigor e aplicação, manter inalterada a pirâmide".

Sem nenhum conforto para dar à minha amiga e numa atroz falta de inspiração, respondo à sua pergunta com a mesma pergunta: "Que que a gente faz?". "Não sei", ela diz e então conta, melancólica, que anteontem a filha deu seus primeiros passos. Três.

Era pra ser a epítome do pessimismo, era pra emburacarmos de vez e nos perguntarmos que país deixaríamos para os nossos filhos, mas a notícia daqueles passos solapa meu derrotismo, é quase como um chamado genético, uma ordem inscrita há milênios nas profundezas do meu DNA: se é aqui que viverão a mini-Batman, o Homem-Aranha de cuecas e a neocaminhante, não há outra saída a não ser fazermos essa joça dar certo.

Concordo que a premissa é meio troncha, amigo, mas estamos tão desiludidos que qualquer farrapo serve como bandeira, vai?

30 de setembro de 2018

Um sonho

Esta noite eu tive um sonho bem louco. Na verdade, começou como um pesadelo. O Brasil ia eleger um presidente fascista que falava em torturar e matar oponentes, em acabar com todos os ativismos, em vender as reservas indígenas, em militarizar as escolas, em submeter o Ministério do Meio Ambiente ao da Agricultura, em proibir a palavra "gênero" dentro das salas de aula e outras bizarrices que não faziam sentido e eu não lembro direito.

Eu tentava avisar as pessoas "Olha o que ele tá falando! Olha que absurdo!", mas ninguém ouvia, quer dizer, as pessoas ouviam, mas diziam que iriam votar no candidato fascista porque qualquer coisa era melhor que o PT.

Eu insistia "Gente, o PT fez besteiras, mas o Haddad não é a Dilma e mesmo o pior Armagedom dilmístico é melhor do que o que esse cara prega!". Aí as pessoas diziam que o que o candidato fascista falava não era verdade, ele só estava brincando de fingir que era fascista a vida inteira, mas quando fosse eleito ele iria parar com a brincadeira.

Aí seguidores dele abatiam um cachorro a tiros e matavam

um cara a facadas e espancavam pessoas — ao todo, no meu pesadelo, eram cinquenta casos de violência perpetrados pelos soldados daquele que não estava falando sério — e eu gritava "Olha isso! Olha isso!" e as pessoas respondiam: "PT nunca mais!".

Nesse ponto o pesadelo deixou de ser pesadelo e virou um sonho. Ó que doideira: eu estava na plateia do *Domingão do Faustão* e no palco o Fernando Henrique aparecia junto com o Alckmin e o Ciro Gomes e a Marina Silva e o Amoêdo e quando eu via estavam ali também o Caetano e o Gil e o Henrique Meirelles e a Kátia Abreu e vários empresários liderados pelo Ricardo Semler mais o Casagrande e o Luciano Huck e o RenovaBR e o Acredito e a Ivete e a Sandy, era tipo o "We Are the World" da democracia, uma frente ampla de pessoas que discordavam em diversos pontos sobre política, economia, costumes, mas acreditavam no estado de direito, nos ideais herdados do iluminismo, que pregam que todos são iguais perante a lei e cada um pode ser o que é.

E essas pessoas diziam que apoiariam o Haddad contra o candidato fascista caso o PT topasse fazer algumas mudanças no programa de governo. E aí o PT dizia "Claro! Nós também estamos aqui para combater o autoritarismo e o obscurantismo, mais importante do que nosso programa é a sobrevivência da democracia!" e a Gleisi Hoffmann gravava áudio de WhatsApp condenando a ditadura na Venezuela e os economistas do PT sentavam com os economistas do PSDB e do Novo e com a Fiesp e todo mundo abria mão de algo e chegava a alguns pontos a partir dos quais era possível seguir juntos.

Aí um monte de gente que tinha votado no candidato fascista no primeiro turno porque estava com ódio da política voltava a ficar com brilho nos olhos, via que a política apodrecida e transformada na manutenção do poder a qualquer preço se tornava novamente uma ferramenta para melhorar a vida das pessoas, a luta mais justa, a competição mais bela, aquilo que nos difere dos gorilas e dos leões, das amebas e das baratas, que faz com que tenhamos algum orgulho do nosso córtex frontal. E essa frente vencia as eleições. E o fascismo era derrotado. E o Brasil cindido era costurado. E voltávamos a crescer. E dávamos mais direitos para mais brasileiros. E nos tornávamos enfim o país que até bem poucos anos acreditávamos que iríamos nos tornar.

Então eu acordei, abri os olhos e ainda era noite.

14 de outubro de 2018

Transtorno obsessivo-compulsivo

— Ele disse numa entrevista que fechava o Congresso no dia em que tomasse posse.
— Rapaz... Sou contra fechar o Congresso. Mas é melhor do que a roubalheira do PT.
— Ele também disse que tinha que matar trinta mil pro Brasil dar certo.
— Feio matar trinta mil. Mas é melhor do que a roubalheira do PT.
— Aqui ele fala que prefere filho morto a filho gay.
— Qualquer filho é melhor do que a roubalheira do PT.
— Sua frase não tem muito sentido.
— Melhor não ter muito sentido do que a roubalheira do PT.
— Aqui ele falando que é a favor da tortura.
— Sou contra tortura. Mas é melhor do que a roubalheira do PT.
— Será? Aqui, 2018, ele falando que o livro de cabeceira dele é do Brilhante Ustra, o torturador que levou duas crianças de cinco e quatro anos, pelas mãos, para verem o pai e a mãe

torturados numa sala do DOI-Codi. A mãe estava nua e vomitada, presa à cadeira do dragão.

— Melhor levar criança pra ver pais torturados do que pra ver a roubalheira do PT.

— Frase da mãe torturada: "Minha filha perguntava: 'Mãe, por que você ficou azul e o pai verde?'". Ela continua: "Meu filho até hoje lembra do momento em que eu falava 'Edson' e ele olhava para mim e não sabia que eu era a mãe dele. Estava desfigurada".

— E quem desfigurou o Brasil? A roubalheira do PT!

— Se só roubalheira conta... Ele tinha uma funcionária fantasma na Câmara, paga com dinheiro do povo para dar água aos cachorros dele, na casa de praia em Angra dos Reis.

— O que é uma funcionária fantasma perto da roubalheira do PT?

— Ele e os filhos, que se dedicam unicamente à política, têm treze imóveis no valor de quinze milhões de reais. Não é estranho?

— Muito mais estranho é a roubalheira do PT.

— Em um só ano, um dos filhos dele gastou quarenta mil reais de verba parlamentar com passagens pro Rio Grande do Sul, onde morava a namorada, e para Santa Catarina, onde tem amigos.

— O importante é acabar com a roubalheira do PT. Tudo menos a roubalheira do PT!

— Não é o que acham os principais órgãos de imprensa do mundo. Olha essa lista de jornais e revistas alertando pro perigo desse cara ser eleito. *The Economist, New York Times, The Guardian, Deutsche Welle.*

— Tudo mídia comunista comprada com dinheiro da roubalheira do PT.

— Ué, por que a roubalheira do PT comprou toda a mídia

internacional e se esqueceu da brasileira, que continua tratando o cara como um candidato normal e um risco à democracia igual ao de Haddad?

— Tática de guerrilha da roubalheira do PT. A mídia brasileira está como os vietcongues, escondida debaixo da terra, disfarçada de arbusto para atacar de surpresa no final e garantir a boquinha na roubalheira do PT.

— Sei. Mas vamos supor só por um momento que a imprensa global não esteja comprada pelo dinheiro da roubalheira do PT. Vamos supor que eles estejam certos em apontar o abismo que ele representa. Vamos supor que ele ganhe e ponha em prática o que vem dizendo que porá desde que começou na política. Vamos supor que ele persiga minorias ou faça vista grossa para quem perseguir. Que ele censure. Torture. Mate.

— Importante é acabar com a roubalheira do PT.

— E se for você o torturado? Você na cadeira do dragão.

— Enquanto eu tiver meu crânio esmagado pelo menos não vou pensar na roubalheira do PT.

— E se você for morto?

— Estarei livre, finalmente, da roubalheira do PT.

21 de outubro de 2018

Luz por todos os lados

A fruteira fica no centro da mesa, no centro da sala, no centro da casa. Tipo um umbigo multicolor no encontro entre o Meridiano de Greenwich e o Equador deste apartamento ensolarado onde tenho a sorte de viver com a minha mulher, minha filha, meu filho e os amigos que aparecem para os almoços de domingo. (Nunca foram tão importantes os almoços de domingo.)
    Gosto, sempre que passo pela sala, de ver o desarranjo harmonioso das maçãs, ameixas, goiabas, mangas e bananas recostadas no rochedo do melão, descansando à sombra de um abacaxi. Às vezes paro diante do meu pequeno oásis de fibras e vitamina C e fico admirando-o, orgulhoso, como se fosse o símbolo de qualquer coisa que não sei bem o que é.
    Minto. Sei o que é. Quando eu tinha uns dezesseis anos, meu amigo Paulo — meu compadre, meu irmão — dizia que eu era "contra os adultos". Verdade. Aos meus olhos adolescentes, para além dos trinta só havia hipocrisia e acomodação, crediário de geladeira, chinelo com meia, "é pavê ou pacomê?!". Agora, ao ver meu filho no colo, pasmo diante de uma fruta-do-conde, "Parece

um dinossauro!", penso diferente. Casei com a mulher que eu amo — e, absurda coincidência cósmica, parece me amar também. Trabalho com o que gosto. Recebo um salário. Ponho frutas na fruteira. Vejo os meus filhos se transformando lentamente neles mesmos e aos domingos os amigos aparecem para almoçar.

É bom ser adulto. Eis o que me diz a gamela de cinquenta centímetros de diâmetro por nove centímetros de altura, esculpida num compensado de cedro naval e sumaúma, sólida e delicada e generosa — nos dias de feira, no finzinho da tarde, se chegarmos bem perto e fizermos bastante silêncio, dá pra ouvir lá do fundo, entre as bananas e o abacaxi: "Aiaiiii, aiaiiiii, é o canto do pregoneiro/ Que com sua harmonia/ Traz alegria/ In South American way". (Hoje soam como versos um reino distante, há muitos e muitos anos. Digamos: Brasil, 2010.)

A fruteira foi presente de casamento do Cesarino e da Ana, pais do Dinho, outro amigo do peito. Foi feita pela Julia, irmã do Dinho. Nos anos 1990, passei muitos réveillons com eles, em Ubatuba. Tinha também a Beatriz, prima do Rio por quem fui apaixonado entre os treze e os quinze. À meia-noite e um do dia primeiro de janeiro de 1991 a Beatriz me chamou para pular as sete ondinhas e eu, bocó, falei que já tinha pulado. Só lá por julho fui entender que não era bem para pular ondinhas que ela havia me convidado. À meia-noite e um do dia primeiro de janeiro de 1992 retribuí o convite, mas já era tarde e ela não queria mais saber de compartilhar desejos comigo.

Tenho pensado muito no passado, ultimamente. No que fiz até aqui. No que ando fazendo. Como nesses livros de autoajuda em que a pessoa adoece e é tomada por uma epifania, enxergo os contornos do dia a dia com aflitiva nitidez. Tenho revisitado poetas, aberto gavetas, dado telefonemas; na sexta chorei ao abraçar meus filhos. "É de felicidade, papai?", me pergunta a mais velha. Ela tem cinco anos, é muito pequena para compreender o que se passa (eu também, aos 41, me sinto pequeno diante do que se passa), então eu resumo: é.

    Tenho essa família, esses amigos, essas memórias, esses poemas, essa fruteira no centro da mesa, no centro da sala, no centro da casa: a luz entra por todos os lados. (A sombra do fascismo está nas ruas. Qualquer que seja o resultado das eleições, a sombra crescerá. Lutaremos incessantemente pelo respeito à lei — e, não menos importante, pelos almoços de domingo.)

28 de outubro de 2018

Hoje em dia

Eu já tive medo de perder o emprego, de levar pé na bunda, de pegar dengue ou febre amarela, mas nunca, até um ou dois anos atrás, havia temido emburacar num período tenebroso da história.

História, eu pensava, era aquilo que aconteceu há muito tempo, quando o mundo era turbulento e confuso, antes de chegarmos a esta ilha de normalidade a que chamamos de presente. É como olhar para o próprio passado. Me vejo bem desajeitado na infância, perdido na adolescência, tenho vergonha alheia do carrinho de bate-bate em que me transformei lá pelos vinte e tantos, depois do fim do meu casamento, mas hoje me acho normalíssimo: hoje eu sou eu, "senhor dos meus domínios, rei do meu castelo", como diria o Seinfeld no clássico episódio The Contest.

A impressão de estar no centro de uma placa tectônica da narrativa universal, imune a abalos sísmicos como revoluções, golpes ou guerras, é ainda maior para quem nasceu no fim da década de 1970. A modéstia me impede de sugerir qualquer relação de causalidade, mas desde que fui parido o mundo só melhorou.

As ditaduras da América Latina caíram uma depois da outra, a cortina de ferro se abriu e o espetáculo que seria exibido sobre o novo palco geopolítico, pensamos, era o cancã da democracia: liberdade de salto alto, oportunidades de minissaia, tolerância de meia-calça arrastão.

Até então éramos chamados de Terceiro Mundo, rótulo que sugeria um cenário estático, uma gaveta fixa na ordem mundial. Fomos rebatizados como um dos países em desenvolvimento: o avanço em direção ao final feliz, embora lento e desigual, era inexorável. Os "winds of change" cantados pelos Scorpions — com seus mullets seinfeldianos — levariam a mudança aos quatro cantos do planeta.

Mas a história, como diria o poeta, é uma caixinha de surpresas. É o tal "conto narrado por um idiota, cheio de som e fúria e sem sentido algum". E se o idiota estiver especialmente enfezado ultimamente, sofrendo de azia, enxaqueca, unha encravada? E se nós estivermos vivendo o renascimento global do fascismo? E se os líderes populistas de extrema direita, em ascensão por toda parte, aproveitando-se da conexão total e desinformação generalizada proporcionadas pelas redes sociais, criarem nos próximos anos um sistema supranacional digno de *1984*, de *O conto da aia*, de *Fahrenheit 451*?

"Imagina!", eu digo a mim mesmo. "Hoje em dia isso não seria possível!" Então me dou conta de que não houve um só dia na história da humanidade que não tenha sido "hoje em dia". Todo ser humano que já pisou sobre a terra, no momento em que tocava as solas no chão estava no posto de observação mais avançado que jamais existira: o presente.

Já mencionei em outra crônica a cena de um documentário com sobreviventes do holocausto, feito pela Fundação Shoah, do

Spielberg. Com seu avô, um garoto é trancafiado num vagão de carga lotado, sem bancos, janelas ou espaço para se mexer. O avô aperta a mão do garoto e tenta tranquilizá-lo: "Calma, estamos no século XX". "Calma, estamos no século XXI", penso eu, mas aí lembro do destino daquele avô.

Espero estar enganado em meus anseios mais catastróficos. Espero que essa semente protofascista que está brotando nos Estados Unidos, na Hungria, na Polônia, na Turquia, no Brasil e em outros países seque antes de florescer. Espero que esses líderes farsescos sejam como o Kramer, amigo do Seinfeld. Uns bufões que entram com estardalhaço, falam meia dúzia de abobrinhas sem pé nem cabeça e desaparecem, sem maiores consequências para o rumo da história.

9 de dezembro de 2018

2019

A milícia de Brancaleone

"As eleições acabaram, não há lugar para revanchismo", dizem os supostos arautos da racionalidade, "agora é torcer pra dar certo" — e todos aqueles que não acompanham as primeiras estultices do governo Bolsonaro fazendo coraçãozinho com a mão são petistas ressentidos, incapazes de aceitar as regras da democracia: "Vai pra Cuba!".

Tenho dificuldade em torcer para o governo Bolsonaro "dar certo", não por ser um "petista ressentido" — no infinito rol dos inimigos da pátria criado por esta direita neojurássica estou mais para "esquerda-caviar". O problema é que não compreendo o que seria este governo "dar certo". Se for Bolsonaro e sua milícia de Brancaleone conseguirem pôr em prática boa parte do que prometeram na campanha e começaram a tentar implementar nas últimas duas semanas — com exímia incompetência, felizmente —, estou fora.

Sejamos francos: estes caras são uns lunáticos. Como não chamar de maluco quem acredita que o aquecimento global é um "plot marxista"? Quem acha que a *Folha* ("Foice") *de*

S.Paulo e a Globo ("Red Globo") são comunistas? Quem vê um plano da esquerda, infiltrada em todas as ramificações do ensino e da cultura, para destruir a família? Para Olavo de Carvalho, o Osho da seita Jair messiânica, o "plot" é ainda mais doido: a esquerda é manipulada pelo grande capital que, minando a família do trabalhador, poderá explorá-lo melhor.

"A sociedade que o 'multiculturalismo' anuncia" — escreveu aqui na "Foice", em 2017, o Rajneesh dos bolsominions — "[...] é uma sociedade de tipo romano em que só os ricos e poderosos têm o privilégio de possuir uma família estruturada, enquanto o povão se esfarela numa poeira de átomos soltos, sem pais nem mães, nem tradição, nem passado, nem referência — a massa de manobra ideal para os engenheiros sociais a soldo da elite bilionária."

Imagina o grau de delírio da pessoa para, toda vez que vê a bunda do Zé Celso, enxergar a carteira do George Soros? Nem no centro acadêmico de ciências sociais eu me lembro de testemunhar paranoia tão delirante. E olha que lá no CA o pessoal misturava Foucault com maconha, Kaiser quente e Bakunin — coquetel, agora sei, preparado pelos ocultos barmen da "elite bilionária".

Voltando à terra: imagino que a maioria dos que torcem para o governo "dar certo" se refira à recuperação da economia. Sim, todos queremos crescimento, empregos, riqueza. Mas o que viria na esteira deste crescimento? Porte de arma para a população no país que já é o campeão mundial em mortes por bala? "Ponto-final em todos os ativismos no Brasil", i.e., mais violência contra mulheres, negros, LGBTQIAP+? Destruição das florestas, extinção das reservas indígenas? Execuções sumárias pela polícia? Murundu na política externa só para lamber as botas do Trump?

Os mesmos jedis da racionalidade que "torcem pelo Brasil"

costumam reduzir tudo à economia, como se o nosso grau de desenvolvimento pudesse ser medido em toneladas de soja e as pautas de "costumes" fossem perfumaria. Ora, "costume" não é dar um ou dois beijinhos. É uma questão de costume escravizar ou não escravizar seres humanos. Uma mulher morrer assassinada a cada duas horas é uma questão de costume. (Eis a tradição que se preserva com a cretinice do azul e do rosa.) Desigualdade e injustiça: costume. O que separa a Noruega do Brasil não é a economia, o DNA, a providência divina: são os costumes.

Sinceramente, não sei para o que torcer. Parece-me que a tragédia *dell'arte* que ora se desenrola diante de nossos olhos não tem como "dar certo".

13 de janeiro de 2019

Ministério da Família

Sei que o assunto já é velho, mas venho tentando não escrever sob o calor dos acontecimentos: sopesar as ações do novo governo me permite compreendê-las melhor e, às vezes, até, encontrar nelas algo de positivo. Foi o que fiz com a transformação do Ministério dos Direitos Humanos em Ministério da Mulher, da Família e dos Direitos Humanos.

O primeiro aspecto alvissareiro que me saltou à vista foi o nome não ter mudado de Ministério dos Direitos Humanos para Ministério dos Humanos Direitos. Num governo que foi eleito por slogans, não por propostas, o risco era grande. (Há quem afirme, inclusive, que se a reforma da Previdência der chabu, o primeiro ato do Bolsonaro será juntar os Ministérios da Educação e das Relações Exteriores numa superpasta: o Ministério d'A Nossa Bandeira Jamais Será Vermelha.)

Outro aspecto que me pareceu acertado foi a inclusão de "Família" no nome do ministério. Ora, é inegável que a família brasileira encontra-se diante de sérias ameaças e a pasta, rebatizada, deve combatê-las. Resta saber se a ministra terá coragem e força política para encarar os perigos que rondam a célula primordial da sociedade.

O papel do cunhado, por exemplo: é inadmissível que em pleno século XX ainda não haja uma legislação estipulando os deveres e, principalmente, limitando os direitos do cunhado. Pode o cunhado aparecer sem ser convidado? Pode o cunhado que apareceu sem ser convidado ligar a televisão? Pode o cunhado que apareceu sem ser convidado e ligou a televisão pegar uma cerveja na geladeira? Pode o cunhado — vou poupá-los da enumeração —, durante um churrasco na sua casa, aproveitar-se de uma ida ao banheiro e virar uma lata de Skol sobre a picanha — "pra dar uma amaciada"?

Outra questão tão — ou mais — importante: irá o Ministério da Família colocar limites ao tio do pavê? Figura obrigatória em toda festa familiar, vítima da alopecia, entre o sobrepeso e a obesidade, geralmente alcoolizado, exímio exibidor do cofrinho e proprietário vitalício de garbosas micoses nas unhas dos dedões dos pés, o sujeito espera a sobremesa, muge "é pavê ou paco-mê?!" e nossos menores, desprotegidos, imediatamente tomam horror à família.

"Irei me transformar nisso?!", pergunta-se o menino; "terei que casar com um desses?!", horroriza-se a menina; "ainda dará tempo pro divórcio?!", indaga-se a esposa — e assim, paulatinamente, vão-se trincando os pilotis que sustentam a nação.

Precisamos falar sobre o amigo-secreto, Damares. O ministério desenvolverá um aplicativo universal para organizar a troca de presentes no fim de ano ou cada família continuará ao deus-dará, tendo que reinventar a roda todo Natal; o tio do pavê ganhando dois presentes, o cunhado tirando ele mesmo e o menino aos prantos porque não ganhou presente algum?

Primo e prima: pode ou é parente? Sei que Damares está mais preocupada com o azul e o rosa, mas a zona cinzenta entre primos e primas é um aspecto cromático que também merece sua atenção. Pelo menos, é o que eu acho. E a minha prima Magali, idem.

A lista de perigos que rondam a família é longa, a crônica é curta, vão aqui, portanto, uns últimos toques para o ministério: cônjuge que pega o carregador do celular do outro merece o divórcio? Filho que faz canoinha no queijo pode ser deserdado? Obrigatoriedade de chope em *buffet* infantil: será lei?

Conto com a atenção do governo. Ainda mais porque está claro que o ministério, criado pelos que desprezam o mimimi das mulheres e não acreditam no blá-blá-blá dos direitos humanos, estará 100% a serviço da família. Espero que encare as questões aqui apontadas. (E a minha prima Magali, idem.)

20 de janeiro de 2019

A educação pela treva

Como se educa um filho num país desses? Como dizer "e eles viveram felizes para sempre, agora dorme tranquilo, papai e mamãe tão na sala", quando na sala papai e mamãe não estão nada tranquilos vendo que a história caminha para longe de um final feliz? Como dizer "não precisa ter medo do escuro", "monstro não existe", quando papai e mamãe são obrigados a sussurrar ou falar outra língua ao conversar na frente das crianças?

"Um homem que não quis se identificar, tio de dois mortos, um de dezesseis anos e outro de dezoito, afirmou que os policiais esfaquearam os suspeitos depois de atirar nas pernas, para impedir que fugissem." "Um dos suspeitos aparece com o intestino completamente para fora do corpo." "O deputado estadual Rodrigo Amorim (PSL), que mantém bom trânsito com o governador, anunciou nesta terça que propôs homenagem ao Choque do Bope. 'Eles mostraram aos marginais que a polícia do Rio de Janeiro tem que ser respeitada. Foram treze CPFs cancelados.'."

Rodrigo Amorim é aquele que, durante a campanha, comemorou o "cancelamento" de outro CPF, o da vereadora Marielle

Franco, quebrando a placa com seu nome. A placa quebrada, agora emoldurada, decora o seu gabinete, como o chifre de um animal abatido. E eu lendo pro meu filho *O reizinho mandão*, ensinando que o autoritarismo destrói a autoridade. Desculpa, Ruth Rocha, mas acho que de agora em diante embalarei o sono do meu filho com *Senhor das moscas*.

Eu queria muito ter que responder a perguntas simples do tipo "Como os bebês são feitos?", mas no Brasil o tabu é mais embaixo. "Por que ela dorme na rua?" "Por que ela é pobre?" "Por que ela não tem trabalho?" "Por que ela não foi pra escola?" "Por que a mãe dela também não foi pra escola?" "Por que a avó dela também não foi pra escola?" "Por que as pessoas pobres são sempre marrons?" O que balbucio à guisa de resposta tem a eficácia de um saquinho de Floc Gel sobre a lama da Vale: "Elas não são marrons, elas são negras".

Pra que me agachar no chão durante a festa e explicar pacientemente ao meu filho que ele tem que emprestar o Batman pro Guilherme "porque se todo mundo emprestar os brinquedos pra todo mundo, todo mundo vai poder brincar com todos os brinquedos"? Se eu fosse sincero e educasse pra realidade brasileira e não pros meus delírios utópicos ultrapassados eu deveria dizer 1) "Não empresta, você é maior do que o Guilherme, empurra o Guilherme, pisa no Guilherme, cospe no Guilherme e mostra quem manda" ou 2) "Empresta, o Guilherme é maior do que você, se você não emprestar o Guilherme vai te empurrar, vai pisar em você, cuspir em você e mostrar quem manda".

A dissonância entre a realidade brasileira e o que meu filho aprende em casa e na escola é da ordem da psicose. Dois mais dois são quatro, nós insistimos em dizer, mas sabemos que se você tiver os contatos certos, dois mais dois são cinco ou quinhentos, assim como também pode ser zero ou menos mil se você tiver nascido no lugar errado, com a cor errada, o gênero errado, a orientação sexual errada.

    Não, filho, os bons não vencem no final. Não, os maus não serão punidos. Não, ser legal com os outros não faz com que os outros sejam legais com você. Mas veja: você é branco, é homem, é bem-nascido. Você não pedirá dinheiro pelas ruas, você não terá seu CPF "cancelado" pela polícia. Aqui, neste reino distante, tudo conflui para você chegar a ser um reizinho mandão, um senhor das moscas com um chifre pendurado na parede. Acho que a minha tarefa como pai é te ensinar que este não é um final feliz.

17 de fevereiro de 2019

Futuro do pretérito

Não sei como é pra vocês, mas eu acho complicado ser brasileiro. Sinto-me como alguém que casou com uma pessoa cheia de defeitos na expectativa de mudá-la. Por isso a frase "o Brasil é o país do futuro" (livre adaptação que fizemos do título de um livro de Stefan Zweig, *Brasil, um país do futuro*) vem bem a calhar. O que eu amo não é tanto o país em que vivo, é uma projeção do que o país poderia ser se... e se e se e se e se e se e se e se e bota "se" aí.

Às vezes o Brasil é uma esperança, às vezes um delírio e na maior parte do tempo é apenas uma triste constatação. Impossível nos divorciarmos, contudo: mesmo que eu fosse pras ilhas Fiji eu continuaria a ser brasileiro. Aqui eu nasci, é em português que eu falo, penso, sonho e crio os meus filhos, então só me resta agarrar-me a esta projeção e amar esta ideia vaga do que nós um dia poderíamos ser. (Não é à toa que conjugo o verbo "poder" no futuro do pretérito, esse tempo verbal banhado em melancolia.)

Meu amigo Gustavo me mostrou outro dia o anúncio de um apartamento à venda com a seguinte frase: "Grande potencial para reforma!'". Maneira não muito sutil que a imobiliária arrumou para informar que o imóvel estava caindo aos pedaços. "O Brasil é o país do futuro" não deixa de ter o mesmo significado: se é no futuro que nos realizaremos é porque no presente, bem, tá cheio de taco solto, fiação podre, infiltrações e trincas. No entanto, postergando as reformas, aqui vivemos. É muito esquisito ser brasileiro.

A poeta americana Elizabeth Bishop, que morou no Brasil nas décadas de 50 e 60, afirmou sobre a cidade que talvez melhor encarne as virtudes e vicissitudes nacionais: "O Rio não é uma cidade maravilhosa; é apenas um cenário maravilhoso para uma cidade". Grande potencial para reforma! Sob nosso formoso céu, risonho e límpido, há chacinas e tráfico de drogas, desvio de dinheiro e gente morrendo nos hospitais por falta de remédios. Ser brasileiro é padecer no paraíso.

Se a gente não olhar o país enxergando as suas feridas abertas, as suas heranças nefastas, se não entendermos as implicações tremendas de termos tido um estado antes de uma nação (nação, aliás, que por séculos era em sua maioria composta de escravos traficados para morrer na lavoura) e simplesmente declararmos nosso amor à pátria amada, salve, salve, estaremos sendo ingênuos ou perversos.

Gostaria de ver como ingênua a patriotada que o ministro da Educação promoveu nesta semana, sugerindo que os alunos cantassem o hino nacional e repetissem o slogan do governo nas escolas. Infelizmente, a patriotada me soa perversa. (Deixo de lado os aspectos ilegais da proposta, como promover o slogan do governo e filmar as crianças.)

Trata-se de chegar na ponta mais desamparada do país, nesses meninos e meninas que, geração após geração, o impávido colosso condena à ignorância e à pobreza e em vez de lhes oferecer uma saída, um plano, uma estratégia, um giz, que seja, para ajudá-los a se inserir na civilização, pedir-lhes um favor: que demonstrem amor à pátria amada que não os ama, que declarem apoio ao governo que ainda não fez nada para apoiá-los. É cruel.

    Senhor ministro: primeiro ensine as crianças a ler e a escrever. Dê a elas uma chance de compreender o mundo, realizar seus sonhos e deixar suas marcas. Aí eu lhe garanto que haverá aplausos ao governo e multidões cantando o hino com a mão no peito e os olhos cheios de lágrimas. Eu, sem dúvida, estaria entre elas.

3 de março de 2019

E se?

Lá pelo fim da festa, no meio de mais um papo deprimente e idêntico a tantos outros que venho tendo nos últimos meses, cujo título poderia ser "como-diabos-o-Brasil-degringolou-desse--jeito-e-agora-meu-Deus-será-que-algum-dia-a-gente-sai-do-atoleiro?!", o amigo historiador põe a mão no meu ombro e confessa, menos influenciado por Hegel, acho, do que por merlot: "Cara, a verdade é que a história não tem sentido nenhum. A gente fica lendo, tabulando, analisando, tentando achar as forças por trás dos acontecimentos, mas é tudo uma bagunça, é um monte de bola de sinuca batendo num monte de bola de sinuca. Um fala que a bola vermelha foi pra caçapa do meio porque foi desviada pela bola azul, aí o outro fala que a azul só desviou a vermelha porque a preta bateu na azul antes, mas na real é tudo zoado e sem lógica e basta tirar uma bola ou colocar outra bola ou mudar a inclinação da mesa ou a direção do vento e o resultado é outro. Visigodos... Arquiduque Ferdinando... Hitler sendo recusado na Academia de Belas Artes de Viena... A flora intestinal do

Tancredo... A facada no Bolsonaro... Uma única bola que vem do nada e pá! Muda tudo".

Tento argumentar a favor de algum sentido — já é suficientemente difícil viver num mundo sem Deus. Meu amigo, então, começa a me bombardear com perguntas. "E se o Movimento Passe Livre nunca tivesse existido e nunca tivesse começado as manifestações que explodiram em 2013? E se o MPL tivesse existido, mas em 13 de junho de 2013, na esquina da Consolação com a Maria Antônia, a PM não tivesse descido o sarrafo nos manifestantes, fazendo com que, quatro dias depois, um movimento de dez mil se transformasse em centenas de milhares pelo Brasil? Haveria panelas, impeachment, Bolsonaro?"

"E se o PT não tivesse insistido em lançar Arlindo Chinaglia para a presidência da Câmara em 2015, mesmo estando evidente que ele perderia para Eduardo Cunha? Haveria impeachment? E se não houvesse? O Brasil chegaria a 2018 em pandarecos, a Lava Jato talvez seguisse priorizando o PT, Aécio não apareceria no radar de Moro e seria eleito presidente no primeiro turno? E se Lula tivesse sido o candidato contra Aécio, em 2014?"

"E se Bolsonaro não tivesse levado a facada? Ir aos debates revelaria mais cedo ao país que, como disse Fernando Barros no podcast Foro de Teresina, da revista *piauí*, ele não era o Pinochet, mas o Sassá Mutema? E se Bolsonaro tivesse morrido com a facada? O país votaria no general Mourão? E se Luciano Huck tivesse saído candidato pelo PSDB? Aglutinaria todos os desgostosos com a 'velha política'? E se Luciano Huck tivesse saído pelo Novo? O Novo seria o que hoje é o PSL? E se o PT não tivesse lançado candidato, Ciro Gomes teria ido ao segundo turno e bateria Bolsonaro?"

"É curioso como basta mudar uma única pecinha dessas e estaríamos agora debatendo o aprofundamento da social democracia ou a irrupção do liberalismo brasileiro e não como um boçal que não junta lé com cré e pede para que se comemore a ditadura pode ser o nosso presidente. As mesmas forças sociais, nos mesmos momentos, com diferentes bolas roladas, levam pra lugares opostos. Tem sentido? Não tem. Vamos falar de série. Você viu *Boneca russa?*"

Encaro meu amigo por um tempo. "Cara, se você pensa assim, por que é historiador?" "Não sei. Todo dia eu tenho vontade de largar tudo e abrir uma pousada em Caraíva." Dou um gole na cerveja, respiro fundo, vejo uma nova e inesperada bola de sinuca rolar sobre o feltro verde do meu futuro próximo e ouço sair da minha boca: "Se precisar de um garçom...".

31 de março de 2019

Bolsonaro vai unir o Brasil

Devo admitir que pelo menos uma coisa boa o Bolsonaro conseguiu neste início de governo: pacificou meus grupos de WhatsApp. Havia dez anos que o Fla-Flu vinha corroendo os grupos da família, do trabalho, da faculdade; o grupo Réveillon 2012, cujo momento de maior tensão tinha sido um impasse sobre leite integral ou desnatado transformou-se, a partir de 2013, em mais um campo de batalha entre coxinhas e petralhas.

Na terra de ninguém do meu celular, a guerra chegou ao ápice logo depois das eleições, quando o tio Eurípedes perguntou o que podia levar pro Natal da tia Eugênia, o tio Agenor falou "Leva mortadela, não é disso que VOCÊS gostam?!" e o peru subiu no telhado. (Nomes e situações foram ligeiramente alterados para o bem do meu convívio familiar.)

Então Bolsonaro assumiu e, diante do seu show de horrores, começou a pacificação. Até fevereiro ainda se lia nos meus grupos um ou outro "Mas e o PT, hein?!", "E o Lula, hein?!". Em algum momento, porém, entre o vídeo do *golden shower* e a fala sobre gays, turistas & sexo, até o tio Agenor deu o braço a torcer: "Gente, esse homem é louco ou burro?".

O burro, percebo agora, se parece com o gênio. Ele é imprevisível, surpreendente, criativo: o burro vê o que ninguém mais vê. Bolsonaro é como um Picasso que realmente enxergasse o mundo retorcido. Ou plano? É como uma criança de dois anos que não pode ficar só, sob risco de botar a Presidência na tomada, engasgar com uma reforma, emporcalhar com guache todas as instituições, botar fogo na casa.

Fosse um burro feliz, feito um Forrest Gump, menos mal. Acontece que, como escreveu aqui na *Folha* Sérgio Rodrigues, o éthos deste governo é o ressentimento. Do ressentimento brota o ódio ao conhecimento, à arte, à diversidade, a qualquer forma de dissenso. Resultado: no grupo da família, tio Agenor e tio Eurípedes sentem-se tão diferentes da atual gestão que esqueceram as próprias diferenças.

Não é só nos grupos de WhatsApp que sinto os antigos flas e flus se unirem diante da ameaça do tenebroso Olaria que tomou a política nacional. Vejo Renato Janine Ribeiro, por exemplo, buscando pontos de concordância numa entrevista do Luciano Huck. Amigos de esquerda dando *share* nas colunas do Reinaldo Azevedo. Eu mesmo concordo com tudo o que o Demétrio Magnoli escreve e dou like atrás de like nos tuítes do meu ex-antípoda Carlos Andreazza. Mudou a esquerda? Mudaram estes colunistas? Eu? Talvez um pouco de cada, mas mudou sobretudo o cenário. O buraco agora é bem mais embaixo.

Quem sabe o tiro da arminha de mão não esteja saindo pela culatra e Bolsonaro consiga o que o PSDB e o PT não conseguiram: juntar no mesmo barco todos os que, mesmo que com diferentes visões de mundo, tenham apreço pela democracia, pelas leis, pelos direitos humanos, enfim, por todo esse mimimi efeminado chamado civilização.

Precisamos de um movimento como o das Diretas Já. Do sociólogo ao metalúrgico. Da feminista negra ao pastor. Do banqueiro ao tio Agenor. (Não podemos deixar de fora o tio Agenor, todos os tios Agenores: acorda, esquerda! Vocês precisam conquistar o eleitor não bolsonarista-raiz do Bolsonaro e não espezinhá-lo com posts lacradores tipo "Bem feito!", "Eu avisei!".)

Podem me chamar de ingênuo, mas acho que tal união é possível: contrastados com a barbárie do Bolsonaro, começo a enxergar pontos de convergência entre pessoas tão distantes quanto Boulos e Arminio Fraga. Espero que eles também enxerguem — antes que a burrice, o ressentimento e o ódio passem por cima de todos nós.

5 de maio de 2019

Conhecimento acima de todos

Foi entre junho e julho, na península de Yucatán, 66 milhões de anos atrás. Sabemos que foi há 66 milhões de anos pelo estrato geológico em que se encontra o material resultante do impacto. Sabemos que foi entre junho e julho porque no meio do material há fósseis com pólen da flor de lótus e do lírio d'água, que só abriam no meio do ano.

O asteroide viajava a mais de sessenta mil quilômetros por hora e tinha cerca de dez por dez quilômetros. O equivalente a um monte Everest que, se colocado sobre SP, cobriria do Campo de Marte ao Ibirapuera, do Sesc Pompeia ao museu do Ipiranga.

Ao entrar em nossa atmosfera, o Everest criou um rombo na esfera gasosa: se um dinossauro olhasse para cima bem naquele instante poderia ver uma claraboia de céu estrelado no meio do céu azul. Infelizmente, os dinossauros não tinham globos oculares suficientemente desenvolvidos para contemplar seu *gran finale*.

O impacto com o solo gerou uma energia equivalente a cem milhões de bombas de Hiroshima e um calor quatro vezes mais intenso que o do Sol. Parte da matéria do buraco de trinta quilômetros de profundidade foi vaporizada e lançada para o alto. Bem para o alto: um jato de vapor de rocha chegou ao espaço. Ali, o vapor se solidificou em zilhões de minúsculas esferas de vidro. Parte dessas esferas foi parar na Lua. Parte, em Marte. Parte não parou em lugar algum e segue voando por aí, 66 milhões de anos depois. Noventa por cento dessas zilhões de microesferas, porém, foram atraídas de volta por nossa gravidade, envolveram o planeta e reentraram na atmosfera.

O resultado foi uma chuva de fogo. O céu ficou todo vermelho e a temperatura chegou a mais de 600ºC, equivalente a de um forno de pizza. Umas duas horas depois do impacto, todos os dinossauros, após um reinado de duzentos milhões de anos, estavam mortos.

A vida que restou protegia-se ou cem metros debaixo da água ou em tocas embaixo da terra. Era o caso de um mamífero pequeno e frágil, com pinta de ratão e que, livre dos dinossauros, pôde evoluir sem muitos predadores, virar uma espécie de lêmure, depois primata e enfim homo sapiens com polegar opositor, córtex frontal avantajado e globos oculares capazes de admirar a noite estrelada e se perguntar — até onde se sabe, pela primeira vez na história do universo — "Que *cazzo* faço eu aqui?!".

Esses e outros fatos incríveis sobre a extinção dos dinossauros estão no fantástico podcast Radiolab, episódio "Dynopocalipse Redux". Esses e outros fatos incríveis sobre a extinção dos dinossauros só chegaram até nós por causa da ciência. Do trabalho colaborativo de homens e mulheres que se meteram em pesquisas muitas vezes sem qualquer objetivo imediato, prático, rentável, para alargar o escopo do conhecimento humano. A ciência, por sua vez, é filha da filosofia, da indagação "Que *cazzo* faço eu aqui?".

Também são filhas da filosofia as ciências humanas, sem as quais não haveria países com instituições capazes de estimular e sustentar tais redes de pesquisa. Todo conhecimento é um só: não haveria microchip sem Montesquieu nem Shakespeare sem matemática.

Num mundo ideal, cada descendente daquele rato entocado deveria receber o conhecimento suficiente para exercer o potencial único que o cosmos lhe deu: olhar para o céu estrelado, se perguntar "Que *cazzo* faço eu aqui?" e responder como melhor lhe conviesse; com Deus, com Fernando Pessoa, com o Flamengo, com sexo, drogas ou rock 'n' roll.

Não sei por que, mas tenho a sensação de que estamos meio longe desse mundo ideal.

12 de maio de 2019

Nós capota mas não breca

A cadeirinha?! Bolsonaro agora é contra a cadeirinha?! Sim, ele é e nesta terça foi pessoalmente à Câmara entregar um projeto de avacalhação das leis de trânsito que, entre outros despautérios, libera da multa quem transporta criança sem este item essencial de segurança.

Qual a lógica? Nem se observada por um telescópio Hubble de paranoia ultradireitista a cadeirinha pode ser enxergada como algo "de esquerda" — selo este que, aos olhos do tosconarismo messiânico, justifica qualquer atrocidade, de matar mulher na porrada a pôr abaixo a Amazônia. "Ah, vai colocar o bebê na cadeirinha?! Vai fechar o cintinho nele?! Vai reduzir em 71% as chances do seu filho morrer num acidente?! Vai pra Cuba!" Não, não faz sentido.

Quando eleito, Bolsonaro disse que iria acabar com todos os ativismos. Seria isso? Seria a cadeirinha a vitória de uma minoria "irritante", um avanço do "insuportável" politicamente correto? Tento me lembrar, mas não encontro na memória as manifestações pró-cadeirinha no vão livre do Masp, as faixas de papel pardo penduradas na FFLCH com frases escritas em guache, exigindo "Fora FHC! Fora FMI! Cadeirinha obrigatória para crianças até sete anos no banco de trás dos carros!".

A cadeirinha simplesmente surgiu como uma melhoria gigantesca na segurança das crianças e, por força de uma resolução do Conselho Nacional de Trânsito (Cotran), impondo multa a quem não levasse as crianças pequenas ali, salvou milhares de vidas nos últimos anos.

Tirar a multa para quem não leva criança na cadeirinha, dobrar o número de pontos para se cassar a CNH, acabar com radares nas rodovias e outras propostas que Bolsonaro tem feito não são fruto de uma mentalidade de direita ou liberal, mas de uma visão de mundo anticivilizatória.

Bolsonaro não é especificamente contra a lei que impõe multa contra quem não usa a cadeirinha, ele é contra lei. Ou melhor, contra qualquer lei que incida sobre as liberdades de pessoas como ele. E tendo em vista que "motorista" é uma categoria fundamental na identidade de pessoas como ele, quer manter o Estado longe de seus para-choques. É #meucarrominhasregras e dane-se quem estiver pela frente. Trata-se de uma visão tão doente que, entre a liberdade do motorista e a vida de uma criança, fecha com o motorista.

Hobbes, Locke e Rousseau criaram algumas das bases sobre as quais foi construído o estado de direito. A ideia fundamental é que se cada um não topar abrir mão de um pouco da sua liberdade, submetendo-se às leis, vivemos numa guerra de todos contra todos, na qual os mais fracos são massacrados pelos mais fortes.

Não é uma ideia "de esquerda", pelo contrário, é uma ideia essencial para o desenvolvimento da burguesia e do capitalismo. Locke, aliás, era especialmente preocupado com o respeito à propriedade privada.

No *Leviatã*, Hobbes tornou célebre a frase do latino Plauto,

"O homem é o lobo do homem", e todo o livro é uma construção para evitar que assim o seja. Pois a missão do governo Bolsonaro é inversa: garantir o direito dos lobos serem lobos. Abaixo os direitos humanos! Viva os direitos lupinos!

Vamos armar todo mundo, vamos sentar o dedo em vagabundo, vamos aprovar qualquer agrotóxico, vamos criar a lei Neymar da Penha, vamos fazer uma Cancún em Angra, vamos acabar com as leis de trânsito, vamos fazer o que a gente quiser, a caneta é minha, a arma é minha, o carro é meu, o filho e a mulher também, chega de mimimi, Brasil acima de tudo, Deus acima de todos.

9 de junho de 2019

Bolsonaro e as flexões de pescoço

Qualquer homem inteligente aprende cedo que exibições de virilidade são um tiro no pé, pois fica evidente para quem assiste que a necessidade de se mostrar forte é um sinal de fraqueza. Ao longo da história, porém, ditadores e líderes políticos não se furtaram a fazer uso marqueteiro de seus supostos dotes físicos.

Mao Tsé-tung costumava se deixar levar, boiando, pela correnteza dos rios, dando uma braçada aqui e outra acolá, sob o aplauso de multidões. No dia seguinte a imprensa publicava que o Grande Timoneiro havia quebrado recordes, nadado dez ou mesmo vinte quilômetros. Vladimir Putin, atual presidente da Rússia, não perde a oportunidade de tirar a camisa ou de aparecer em cima de um cavalo. Figueiredo também curtia um cavalo, além de posar ao lado de seus halteres. Collor fez da corrida um evento de campanha. Todo dia saía de casa para seu cooper diante de dezenas de repórteres, com mensagens políticas estampadas nas camisetas. Também se tornaram clássicas as imagens do exterminador de marajás com seu quimono de karatê ou macacão de piloto, num jato da aeronáutica.

É como se, uma vez que já não se pode mais recorrer ao direito divino dos antigos monarcas, a propaganda estatal tentasse ungir os líderes de outra forma, dando-lhes uma aura de potência infinita, uma compleição sobre-humana que justificaria a nossa submissão.

Soa ridículo, em pleno século XXI. Mais ridículo, porém, do que as antiquadas exibições políticas de virilidade, só mesmo exibições políticas de virilidade malsucedidas. E é aí que nós chegamos a este happening macabro, a este Guinness dos recordes da vergonha alheia, a este megafônico "o rei está nu" que é o Bolsonaro fazendo flexão de braço. Ou melhor: o Bolsonaro NÃO fazendo flexão de braço. Ou melhor, ainda: o Bolsonaro fazendo flexão de pescoço.

Não está claro se ele não sabe o que é uma flexão de braço ou se ele não consegue fazer uma única flexão de braço — o que não seria problema algum, visto que para governar um país não é preciso fazer flexões de braço, o enrosco é que em vez de governar o país ele resolve fazer flexões de braço; e não faz flexões de braço.

Já é a terceira vez desde a campanha que ele paga este mico em público: coloca-se no chão com os braços esticados e enquanto PMs, policiais civis, o Doria e até mesmo o general Augusto Heleno sobem e descem, vejam só, flexionando os braços, Jair ergue e abaixa a cabeça como uma galinha a ciscar o terreiro, enquanto grita "em cima! Embaixo! Em cima! Embaixo! Em cima! Embaixo!" — os gritos reforçam a tese de que ele não sabe do que se trata o exercício: afinal, ele acha que alguém fará uma flexão pro lado? Pra frente? Pra trás?

Bolsonaro se elegeu com o discurso do machão destemido que iria resolver os problemas do Brasil no muque, mas revelou-se um homem de meia-idade apavorado com a posição que ocupa, acuado e incapaz de fazer uma flexão de braço. Eu diria que ele é o Tony Soprano tendo uma crise de pânico se ele algum dia houvesse se aproximado da liderança e do poder de um Tony Soprano. Bolsonaro, na verdade, lembra mais Christopher Moltisanti, o sobrinho do mafioso, um homúnculo com delírios de grandeza.

"Sou priápico! Sou priápico! Sou priápico!", grita o presidente, enquanto o país inteiro assiste à sua broxada.

23 de junho de 2019

Polemizando a controvérsia

No final da semana passada, numa logorreia alucinante que fez Homer Simpson parecer um Bertrand Russell, Bolsonaro disse que os dados do Inpe sobre desmatamento na Amazônia eram falsos e que os cientistas deviam estar a serviço de alguma ONG. Disse que iria fechar ou privatizar a Ancine para que não houvesse mais dinheiro público em filmes como *Bruna Surfistinha*. Disse que não existia fome no Brasil. Disse que a jornalista Miriam Leitão participava da luta armada na ditadura e mentia sobre haver sido torturada. Por fim, Jair referiu-se aos governadores do Nordeste como "Paraíbas".

Na primeira página de sábado, 20, a *Folha* definiu as declarações como "controversas". Em matéria na página A4, adjetivou "governadores de Paraíba" como uma "fala polêmica". Qualquer fala é "controversa" ou "polêmica" desde que haja versões contrárias ou cause barulho. Se eu disser que os brancos são superiores aos negros e que as mulheres são burras, terei sido "controverso" e "polêmico", claro, pois a ciência diz o contrário. Se quisermos ser mais precisos, contudo, devemos afirmar que fui racista e machista.

As falas de Bolsonaro sobre o Inpe e Miriam Leitão são mentirosas. A fala sobre a Ancine é autoritária, dirigista, censora, abusiva. A fala sobre os governadores nordestinos é preconceituosa, ofensiva. Talvez por receio de parecer partidária ao qualificar as declarações do presidente com os adjetivos acima, tanto a *Folha* quanto outros veículos de comunicação acabam tomando o partido oposto, normalizando seus absurdos.

Quando usamos o termo "controvérsia", legitimamos os supostos dois lados da moeda. Batizar uma mentira de "polêmica" é dar 50% de credibilidade para o fato, 50% para a fraude. Os termos não são apenas vagos, eles deturpam a realidade que o jornalismo precisa reportar.

Dados mostram que 5653 pessoas morreram de fome no Brasil, em 2017. Décadas de trabalho sério evidenciam que os cientistas do Inpe não forjam seus estudos a serviço de ONGs. Existem provas e testemunhas de que Miriam Leitão nunca participou da luta armada, foi torturada e presa numa cela, nua, com uma jiboia, aos dezenove anos. (Sobre este último requinte de sadismo, Bolsonaro declarou, meses atrás: "Coitada da cobra".)

Há tanta "controvérsia" sobre estes fatos quanto há sobre a segurança das vacinas e a circunferência da Terra. Cabe ao jornalismo afirmar com todas as letras que os que discordam de tais afirmações estão errados — e quando eles sabem que estão errados e mesmo assim emitem tais opiniões, é preciso dizer que eles mentem.

Há, por trás destas questões, uma outra. Como fazer um jornal (ou uma TV) que vive de assinaturas (ou audiência) e publicidade, buscando o maior número possível de pontos de vista, numa época em que estes pontos de vista incluem movimentos antivacina, terraplanismo (!), machismo, racismo, homofobia e até mesmo Olavo de Carvalho (!!!)? A meu ver, não é alargando as fronteiras do aceitável, mas fincando os pés na tradição iluminista, democrática, civilizatória. Se o mundo está ficando louco, não convém à mídia enlouquecer para acompanhar a tendência.

    A imprensa, a ciência e a arte, os três maiores alvos do populismo autoritário que se espalha pelo globo, têm entre si um denominador comum: a busca pela verdade. Nestes seis meses de obscurantismo galopante, no Brasil, a *Folha* tem sido um pilar fundamental deste tripé: que não tenha medo de reportar a mentira, a ofensa, a burrice e o autoritarismo nos próximos três anos e meio.

28 de julho de 2019

Rabo de galo. Rivotril. Respira

Vamos mudar de assunto? Não aguento mais falar do B, pensar no B, parei até de pronunciar o nome B. Damos trela e espaço mental pra essa lástima, é o dia inteiro isso, pior que Orkut em 2007, a gente acaba deprimido. É preciso criar nossas próprias pautas, nossos respiros...

O quê?! Ele disse que tem que derrubar o Pantanal?! Pra fazer um Beto Carrero World?! Em parceria com a Havan?! Pra concorrer com o globalismo comunista da Disney?! O Mickey é gay?! Tá no YouTube? "É ideologia de gênero, sim! E o Pato Donald com aqueles sobrinhos? Não engana ninguém! E esse negócio aí de Pantanal... Não vou falar nada, que depois vão vir pra cima de mim, mas... Veadinho... Arara-azul... Tuiuiú... Pelo amor de Deus! Sem tocar no que tange à questão da onça, aí, que todo mundo sabe que é um problema sério pro fazendeiro, aí, pro cidadão de bem que produz... Tem que acabar com esse negócio de onça, talquei?"

Inspira. Expira. Inspira. Expira. A vida é uma só. A gente nasce. A gente cresce. A gente morre. A gente não pode desperdiçar quatro anos (ou oito? Ou vinte? Céus...) ricocheteando B dentro da nossa caixa craniana como uma bola de *pinball*. Vamos mudar de assunto. Caiu o primeiro dente da minha filha. Desde os três que ela fala sobre a Fada do Dente. Ela pôs o dente embaixo do travesseiro e...

O quê?! Ele disse que tem que acabar com os extintores de incêndio?! Que lei exigindo extintor de incêndio é lobby do Foro de São Paulo porque o extintor é vermelho?! Que o filho do Lula é dono das fábricas de extintor de incêndio?! A mesma das tomadas de três pinos?!

Calma. Pensa em outra coisa. Faz outra coisa. Tá sol lá fora. O céu tá azul. Vai correr no Ibirapuera. Toma uma água de coco. (Ou três rabos de galo.) Olha os jovens casais pelos bancos. Olha os velhos casais pelos bancos. Olha o chorão refletido no lago. Olha o menino com o pai, pegando girinos.

O quê?! Ele disse que tem que parar com esse negócio de comer fruta e verdura?! Que fruta e verdura faz mal?! "Isso aí, no nosso sentimento, isso é lobby do MST, talquei? Hoje já se sabe, inclusive tem vários estudos provando que é o açúcar refinado e a gordura trans que fazem bem. (Eu falei 'gordura' trans! Não outra coisa 'trans', talquei?! Hahaha!) Olha aí a África, olha os índios, tudo um pessoal que só come fruta e verdura e ó como tão! Agora olha os Estados Unidos. Todo mundo lá cresceu na base do Chicken McNuggets com batatinha e olha só o nível de desenvolvimento deles, lá. Outra coisa: pergunta pra criança se ela prefere Chicken McNuggets ou berinjela. Pergunta! Democracia! Vamos acabar com a ditadura verde!"

Ohmmmmm. Respira e não pensa. Ohmmmmm. Não pensa nem em não pensar. Ohmmmmm. *Mindfulness*. Ohmmmmm. Meditação transcendental. Ohmmmmm. O quê?!

Ele disse que em vez de aula de história as crianças tinham que ter aula de tiro?! "O vagabundo entra na sua casa e o seu filho vai se defender como, falando de feudalismo?! Ahm? Diz pra mim, sem hipocrisia, se o vagabundo entra na sua casa, você acha melhor seu filho saber um monte de blá-blá-blá sobre a Revolução Francesa ou saber usar uma pistola .45? Ahm? Me diz? Que que cê prefere?"

Ohmmmmm. *Mindfulness*. Fada do dente. Meditação transcendental. Parque. Rabo de galo. Rivotril. Respira. O quê?!

P.S. Este é um texto ficcional. B não deu nenhuma das declarações anteriores — ainda.
P.S. 2 Este é um texto ficcional. Não misturem Rivotril com rabo de galo — ainda.

4 de agosto de 2019

Pauta de costumes

Quando ouço alguém dizer que é liberal na economia e conservador nos costumes, imagino um investidor do mercado financeiro cruzando a Faria Lima num cabriolé. Se for um bom investidor, porém, certamente desconsideraríamos a charrete como uma pequena excentricidade: economia é importante, costume, não — eis o que costumamos pensar.

Costumes são aquelas diferençazinhas pitorescas que aparecem de vez em quando em programas de perguntas e respostas da TV ou no papel da bandeja do McDonald's. Finlandeses fazem sauna. Indígenas americanos sentam de perna cruzada. Na festa de são João come-se paçoca. Você sabia que até o século XIX as pessoas só tomavam um banho por semana?!

Acredito que mais da metade dos brasileiros elegeu um presidente com posições tão escancaradamente abjetas, em parte, por achar que os horrores ditos por ele durante três décadas estavam restritos ao tupperwarezinho dos "costumes". Se ele vai fazer as reformas, qual o problema que não goste de gay? Se vai ter peru no próximo Natal, e daí ele dizer que não estupraria uma mulher por ela ser feia? Se asfaltarem a nossa rua, que que tem ele dar uma pescada em reserva ecológica? Ah, fala sério! Vamos tratar do que importa!

Vamos tratar do que importa. Segundo o Fórum Brasileiro de Segurança, 4,4 milhões de mulheres foram agredidas em 2016. A cada hora, foram 503.

Isso dá algumas dezenas de mulheres tomando porrada de seus maridos e namorados durante o tempo que você demora pra ler esta crônica. Mas machismo e feminismo, claro, são assuntos irrelevantes, são "pauta de costumes".

Apanhem em silêncio, por favor, mulheres, pois não estou conseguindo ouvir o debate sobre a CPMF.

Racismo, para nós, também é "pauta de costumes". O país botou em prática, por trezentos anos, o maior esquema de tráfico humano desde o Império Romano. Aboliu o esquema sem criar condição alguma para os ex-cativos terem uma vida decente.

Cento e trinta e um anos depois da abolição, curiosamente, a elite do país segue majoritariamente branca, enquanto 75% das vítimas de homicídios são negras — e achamos meio exagerada essa insistência que alguns negros têm, ultimamente, nesse papo de negritude. Coisa importada dos Estados Unidos.

Nada a ver com a malemolência futebol moleque da nossa democracia racial. Menos ideologia e mais incentivos ao empreendedor, por favor!

Pensando assim, votamos neste que, uma vez eleito, prometeu "acabar com todos os ativismos". E seguimos acreditando que ele não estava falando nada de importante. Ativismo é "pauta de costumes". Coisa de ecochato. De bicha louca. De feminazi. De Black Power. Mimimi. Só nos importa a reforma da Previdência.

Pois bem, aqui estamos. O feminicídio cresceu 44% no primeiro semestre, em São Paulo. O desmatamento na Amazônia quase dobrou, no mesmo período. Ágatha Félix, de oito anos, morta por um tiro de fuzil da polícia, no Complexo do Alemão, é a décima sexta criança baleada no Rio de Janeiro, em 2019. A quinta vítima fatal.

Enquanto escrevo, o estudante Roger Possebom Júnior, de 22 anos, continua em coma depois de apanhar de seis pessoas, domingo passado, por ser homossexual. Caso venha a falecer, será mais um dos quinhentos mortos, a cada ano, pela homofobia. Um assassinato a cada dezesseis horas.

Pensando bem, nosso falso liberal não anda de cabriolé, mas de liteira. Os olhos em Chicago, os pés em Daomé, trazendo as ideias mais modernas para eternizar o nosso atraso. Não chega a ser uma grande novidade. Este é, há meio milênio, um dos nossos mais arraigados costumes.

29 de setembro de 2019

Nem toda unanimidade é burra

Ao afirmar que "toda unanimidade é burra", Nelson Rodrigues não devia imaginar que a frase acabaria se tornando uma unanimidade — ela também, portanto, burra. Para sermos fiéis à máxima é preciso traí-la — o que não deixa de ser um paradoxo bem rodrigueano — e dizer que "nem toda unanimidade é burra". Beber água faz bem. Shakespeare é genial. Todos deveríamos nos esforçar para ser pessoas melhores. Aí estão umas unanimidades nada burras.

Soam clichê? Sim, mas na maioria das vezes usamos a linguagem para nos comunicar, não para ganhar o Nobel da literatura. Ou melhor, usávamos: em tempos de redes sociais, o conteúdo importa cada vez menos, desde que sirva pra gerar likes, causar, lacrar, enfim, nos trazer fichinhas neste gigantesco cassino on-line que o mundo se tornou.

Quando a informação vira commodity, passa, como todo produto, a obedecer à lei da oferta e da procura: mais rara a ideia, mais valiosa. A raridade de uma ideia, porém, pode advir não do seu brilhantismo, mas da sua cretinice. Comer um rodo, por exemplo, seria uma ideia tão estúpida quanto original. E nesta época que prefere uma estupidez inédita a uma morna sensatez, o engolidor de rodos certamente teria futuro.

Se eu lançar um livro chamado *Shakespeare, gênio da literatura*, dificilmente sairei na capa dos jornais e pipocarei nos seus *feeds* e *timelines*. Mas se eu escrever *ShakesPIRO: como o imperialismo inglês e meia dúzia de afetados românticos franceses transformaram um melodrama apelativo em arte profunda*, pode ter certeza de que vou fazer barulho.

Em poucos meses, provavelmente, críticos sérios lerão meu livro e provarão que eu sou uma besta quadrada e o William, não. Mas até isso acontecer, já terei escrito para cadernos culturais, debatido em feiras literárias, vou ter saído na *Caras* de março, fechando o verão, num camarote VIP, abraçando o Faustão.

Neste mundo de competição midiática-digital, não são poucos os que têm como ganha-pão (ou, ao menos, como ganha-*like*) a estratégia de afirmar que água faz mal, Shakespeare é ruim, tentar ser bom é cretino. Se o único valor é produzir ondas no lago, melhor do que jogarmos comida pros peixes é atirar urânio na água.

"Vamos combinar que foi original, galera, ninguém antes tinha jogado material radioativo no lago!", "digam o que quiserem sobre o fulano que matou duas toneladas de peixe e contaminou um lençol freático por vinte mil anos, mas ninguém pode negar uma coisa: tá todo mundo falando dele!".

Em busca do frisson causado pelo esdrúxulo, a mentira se traveste de originalidade, a sordidez, de ousadia. Os dentes afiados da ironia estão prontos para desacreditar qualquer mínimo consenso, afinal, "toda unanimidade é burra". Malala é uma ridícula. Raoni é ridículo. Gandhi era ridículo. Martin Luther King? Sério? *Boooring!*

Não estou pregando a obediência cega, o conformismo, sonhando com um mundo cor-de-rosa em que não haja discordâncias, agressividade, ruído e sujeira. Grandes artistas e pensadores usaram a marreta. De Nietzsche a Sex Pistols. Eles iam contra o status quo. Tinham coragem de nadar rio acima. É o contrário do que fazem esses Gengis Khans de Twitter, esses *enfants terribles* de playground, esses niilistas de salão, que fingem discordar em busca de concordância, ofendem para serem aceitos, dizem *"fuck you!"* e *"follow me"* simultaneamente. O mundo tá indo pra cucuia e a maior preocupação dessa gente é achar a sacadinha mais sacadosa pra soltar na roda.

Se as coisas continuarem neste rumo, a colisão de um novo meteoro contra o vale do Yucatán até que parece um final feliz.

13 de outubro de 2019

The problematizando show

A banda toca e o apresentador atravessa o palco numa corridinha serelepe: "Vai começar mais um…" — a plateia responde, em coro, "Pro-ble-ma-ti-zan-doooooo!".
De vermelho e à esquerda do palco (naturalmente), o time da esquerda. De azul e à direita do palco (naturalmente), o time da direita. O apresentador gira um globo cheio de papeizinhos. "E pra começar, vamos problematizaaaaaaar…" Abre o papelzinho sorteado: "Chapeuzinho Vermelhooooo!".
As equipes se fecham como times de vôlei num intervalo, confabulando. O time da direita é mais rápido e aperta a campainha: pééééééé! "Começa pelo nome, né? Por que é vermelho esse chapeuzinho? Comunismo! Em segundo lugar, o conselho da mãe: não vá pela floresta. Ou seja: não inove. Não siga seus impulsos individualistas. A mãe é o Estado controlador! Opressor! Ir pela floresta é um jeito disruptivo de fazer as coisas. E o que acontece? Ela se ferra! Chapeuzinho Vermelho é uma aula sobre como podar as asas do empreendedorismo e da inovação!" Palmas.
É a vez da esquerda. "A mãe não é o Estado! A mãe é a tra-

dição! Chapeuzinho é a juventude! A mãe é Nixon, é Damares! Chapeuzinho é Janis Joplin! O lobo é uma metáfora reacionária para os riscos da subversão. Pra terminar, a menina comete um (aspas manuais) 'erro' e é (aspas manuais) 'salva' por três caçadores homens brancos héteros cis: precisa falar mais alguma coisa?" Palmas.

Segundo quadro da competição. Objeto inanimado. O apresentador sorteia. "Liquidificador." Os dois grupos confabulam. A esquerda aperta a campainha: pééééé! "Liquidificador é de direita! Está para a culinária como a indústria cultural está para a arte! O capitalismo pega todas as diferenças e transforma num tutti frutti amorfo!" A direita rebate: "Que que parece ter passado por um liquidificador? Budapeste, Varsóvia, Leningrado de 1965 ou Nova York, Paris, Londres? Liquidificador é a ditadura do proletariado! O capitalismo é o sistema do multiprocessador!".

Terceiro quadro: frases aleatórias. O apresentador lê *"The book is on the table"*. Pééééée: a direita começa. "Por que *'book'*? Por que não *'the videogame'* está sobre a mesa ou *'the ball'* ou *'the gun'*? Tão vendo o viés?! Acham que é inocente esse livro? Daí pra *'The Paulo Freire's book is on the table'* ou *'O Capital is on the table'* é um pulinho. Escola sem partido, já!"

A esquerda rebate: "É uma frase normativa. Metonímia de um mundo em que cada coisa tem seu lugar definido. O livro sobre a mesa. A mesa no meio da sala. A família heterossexual em torno da mesa. O rico no topo, o pobre na base. Por que não *'the table is on the book'*? *'The book is in the sky'*? *'The book and the table are in the skies with diamonds'*?".

O apresentador espirra. Está resfriado. Mas a esquerda e a direita imediatamente pééééé! Falam ao mesmo tempo. A esquerda: "Espirro é uma reação xenofóbica do corpo/ Estado! É a tentativa de expulsar o diferente, de barrar a alteridade, é a catapulta por trás do muro trumpista! Hoje a ciência sabe que nosso corpo é uma colônia de milhões de organismos! Há mais células de bactérias dentro da gente do que células com o (aspas manuais) 'nosso' DNA. Contra o espirro! Viva o inspiro!". Direita: "Espirro é a estratégia do vírus da doença comunista! O vírus cria o espirro pra se propagar! A Rússia começou a espirrar em 1917 e em algumas décadas toda a Europa do leste estava tomada pelo muco rubro!".

O programa é ao vivo, passa 24 horas por dia e só termina com o extermínio de um dos grupos. Ou de ambos. O placar atual é 7 × 1 para a direita.

27 de outubro de 2019

#minhaarmaminhasregras

Surpresa: os jagunços não ouvem João Gilberto. Surpresa: os jagunços não leram Montesquieu. Surpresa: os jagunços desprezam Fernanda Montenegro. Surpresa: os jagunços vestem camisas falsificadas do Palmeiras. Surpresa: os jagunços preferem SBT. Surpresa: os jagunços comem Miojo. Surpresa: os jagunços são fãs do Rambo. Surpresa: os jagunços moram no condomínio dos jagunços. Surpresa: os jagunços andam armados. Surpresa: os jagunços são jagunços.

Paulo Guedes passou toda a campanha presidencial indo de casa-grande a casa-grande, de capitania hereditária a capitania hereditária, de engenho a engenho, dizendo: calma, não prestem atenção no que ele fala, sabe como é, coisa de jagunço, mas eu mando nele. A gente usa o bando dele pra acabar com o PT e depois de eleito ele vai calçar botina e parar de cuspir no chão e saberá se colocar no seu lugar, como os jagunços sempre souberam. Ele vai entender quem manda aqui. Vai respeitar a *Globo* e a *Folha* e a USP e o Inpe e o Leblon e os Jardins e até a Constituição. "Ele já é um outro animal", disse o futuro ministro — e a casa-grande acreditou.

Acontece que o mundo mudou, parceiro. As mulheres se empoderaram. Os negros se empoderaram. Os LGBTQIAP+ se empoderaram. Por que os jagunços não se empoderariam? Jagunço também é filho de Deus. Não o Deus do papa comunista, mas o Deus dos jagunços, do Edir Macedo, do Marco Feliciano, o Deus de Mateus 10,34: "Não penseis que vim trazer paz à terra. Não vim trazer a paz, mas espada" e Mateus 12,30: "Quem não está a meu favor, está contra mim, e quem não ajunta comigo, dispersa". Aos amigos, gato-Net, aos inimigos, bala.

Oh, mas o Brasil era um país tão terno! Era o país da democracia racial, o país sem guerras onde o mar, quando quebrava na praia, era bonito, era bonito. Mentira. Enquanto o mar quebrava na praia os jagunços faziam o trabalho sujo. Raposo Tavares e João Ramalho estavam metendo os pés descalços na lama muito além do Tratado de Tordesilhas para trazer indígena pra moer no engenho. (Um país cujo RH fundou-se, literalmente, no *head-hunting*, iria terminar como?)

Séculos depois, jagunços fardados foram exibir as cabeças decepadas dos jagunços desgarrados do bando do Lampião. Jagunços fardados derrotaram o bando do Antônio Conselheiro. E quando milhares da casa-grande foram pro pau de arara, outro dia mesmo, os militares disseram que não sabiam de nada, desvios acontecem, coisa dos jagunços dos porões.

Que injustiça: nenhum ditador, entre 1964 e 1984, foi à TV comemorar a tortura, os extermínios. Era diferente o éthos da nossa violência. Ela era escamoteada. O chicote comia solto lá longe enquanto, na sala, os bacharéis discutiam o espírito das leis ouvindo polca, Nara Leão ou iê-iê-iê.

Chega de hipocrisia. Há quinhentos anos que, a mando dos donos do poder, os jagunços matam os Lampiões, os Conselheiros, os Chico Mendes, as Marielles e protegem o asfalto da ameaça dos morros, seja em Belo Monte ou no Morumbi: agora eles querem crédito, querem reconhecimento.

Por que não? Eles não são só filhos de Deus — veja que terrível ironia —, eles são filhos da Revolução Francesa, são fruto da democracia, a arma na cintura é seu black power, a placa quebrada da Marielle é sua *rainbow flag,* emoldurada na parede, e enquanto MC Reaça toca alto na Bastilha do Planalto, os bacharéis Paulo Guedes, Sergio Moro e Ricardo Salles seguem tentando tranquilizar a casa-grande, sem perceber — ou sabendo muito bem? — que não passam de jagunços dos jagunços.

10 de novembro de 2019

2020

Sua majestade, o vidro

Na última quinta, pela manhã, minha amiga sai de casa e da calçada oposta um homem abaixa as calças, mostrando-lhe o pinto. Ela corre até o guarda da esquina. "Moço! Um homem acabou de abaixar as calças pra mim, ali, bem na frente da minha casa!"

O guarda, sentado em sua cadeira de plástico, a olha com enfado: "Não posso fazer nada, senhora, a rua é pública". Ela então acrescenta, à guisa de experimento sociológico: "Ele quebrou o vidro do meu carro". O guarda se levanta num salto, pega o cassetete e fala, com sangue nos olhos: "Onde?! Cadê?! Pra que lado ele foi?!".

O acontecimento me parece uma dessas histórias talmúdicas ou contos chineses, cheios de significados. Agredir uma mulher, na visão do guarda, é um direito do cidadão. Agora, quando quebra o vidro de um carro é um absurdo que deve ser combatido imediatamente. #mexeucompatrimôniomexeucomtodos!

O "guarda da esquina" é um personagem antigo da política brasileira. Na reunião em que foi proposto o AI-5, o vice-presidente Pedro Aleixo teria dito a Costa e Silva: "O problema deste ato não é o senhor, nem os que com o senhor governam o país, é o guarda da esquina".

Queria dizer que se do alto vem a mensagem de que dane-se a lei, lá embaixo a turma pode, veja só, entender exatamente o que foi dito e sair barbarizando. A frase geralmente é citada como uma ponderação razoável, mas me soa reveladora do autoritarismo nacional. Uma coisa é o alto escalão mandar às favas a civilidade, fechar o Congresso, avacalhar com o estado de direito. Isso aí tá o.k., o.k.? Agora, o pobre, não.

O pobre tem que obedecer. O fazendeiro que queima a Amazônia é empreendedor. O MTST que invade um prédio abandonado é terrorista. A atitude do guarda da esquina na história da minha amiga ecoa a de boa parte da elite brasileira nas últimas eleições.

Durante a campanha, Bolsonaro abaixou as calças diante da lei, dos direitos humanos, da Amazônia, da educação, da cultura, das minorias, dos oponentes, mas garantiu que com Paulo Guedes ninguém iria quebrar o vidro do nosso carro. Fiesp, CNI, igrejas evangélicas, Hebraica do RJ, mercado financeiro, agronegócio, parte da imprensa, todos riram, aplaudiram e disseram: vamos nessa!

Bolsonaro segue abaixando as calças, todos os dias, para a democracia, o estado de direito, os jornalistas (e principalmente as jornalistas, covarde que é), mostrando a arminha para qualquer noção de civilidade e dignidade, esgarçando o tecido já puído das nossas instituições.

E o primeiro andar continua de olho, exclusivamente, no vidro do carro. Ou, no máximo, suspeitando que Paulo Guedes subiu no telhado, manifestam-se alguns, aqui e ali, supostamente assustados, como se despertassem do sono da mosca tsé-tsé e descobrissem que Bolsonaro segue falando e fazendo o que sempre falou e fez durante a vida toda.

Sabe o que é pior? Se houver manifestações de rua e quebrarem um único vidro de carro, apedrejarem uma agência bancária ou um McDonald's, os mesmos que o apoiaram nas eleições vão apoiar medidas de exceção que, veja bem, não são um golpe, dirão, mas ações extraordinárias diante de uma situação extraordinária.

A miséria, a falta de saneamento básico, o abismo entre brancos e negros, entre homens e mulheres, a violência policial nas periferias, as milhões de crianças cuja educação está entregue às mãos de um ministro cujo analfabetismo é um dos menores defeitos: nada disso é motivo de escândalo. Mas vai meia dúzia de moleques mascarados quebrar uma vitrine pra ver o que acontece.

Eis o grande patrimônio nacional, nosso maior orgulho, nossa instituição mais sagrada: sua majestade, o vidro.

23 de fevereiro de 2020

#forabolsonaro

As teorias da conspiração são o último refúgio dos impotentes. É pra lá que eles fogem, acreditando libertar-se dos grilhões da mentira e da manipulação. Ali, mocozados em seus terraplanismos, antivacinismos, cultuando seus ETs de Varginha, seus Foros de São Paulo, seus Chupa-Cabras, seus Olavos de Carvalho, suas mamadeiras de piroca, suas tramas da CIA ou da China, os olhos dos "desempoderados" brilham no gozo da verdade revelada.

Como mágica, o homem medíocre a quem os genes, a injustiça social ou a preguiça intelectual condenaram a uma existência de zé-mané se transforma num Indiana Jones diante do Santo Graal, num Fox Mulder e numa Dana Scully num episódio de *Arquivo X*, num Moisés encarando a sarça em chamas.

As teorias da conspiração são a igreja do homem despossuído, frustrado, alienado, num mundo complexo que ele não compreende e no qual não prospera. São a arminha de mão dos pobres-diabos. O Viagra da impotência social.

Quer dizer então que toda a comunidade científica, Harvard e Yale e Oxford e Cambridge e a Organização Mundial da Saúde e a União Europeia e os Estados Unidos (democratas e republicanos) e a Angela Merkel e o Bill Gates e os líderes e a imprensa de todos os países do globo estão errados sobre o coronavírus e só Bolsonaro está certo?

O mundo inteiro caiu num conto do vigário chinês comunista para quebrar o capitalismo e só o capitão reformado do Vale do Ribeira, do alto de seus chinelos Rider, penando para ler "hospital Ualbert Uainstein" no teleprompter, descobriu a farsa?

O que para você, pessoa sensata de direita, de esquerda ou de centro, parece um absurdo completo é justamente o que dá força à teoria conspiratória. Quanto mais alucinante a teoria, maior seu poder epifânico. Quanto mais tosca a figura do presidente, mais longe chega a sua mensagem.

Tem um momento, geralmente no final do primeiro ato dos filmes de terror ou suspense, em que o protagonista tenta convencer os outros de que tem um fantasma na casa ou um monstro na floresta ou que o professor bondoso do jardim de infância é um serial killer. Todos desdenham do protagonista.

Talvez ele acabe num hospício, como Sarah Connor em O exterminador do futuro 2. A incredulidade geral, porém, faz com que o herói se insufle, cresça, tome uma atitude arriscada e sem volta para combater o fantasma/monstro/assassino e ingressar no segundo ato.

É exatamente no momento Sarah Connor no hospício que Jair Bolsonaro e seu núcleo duro de miolo mole se encontram nesta semana. E a atitude arriscada e sem volta que eles gostariam de tomar para ingressarem no segundo ato com um duplo *plot twist* carpado é dar um golpe.

Mandar ao STF "um jipe com um soldado e um cabo". Amotinar as polícias e dar a elas, como disse o então candidato a presidente, "retaguarda jurídica para fazer valer a lei no lombo de vocês!". "Será uma limpeza nunca vista na história do Brasil."

Chegou a hora de as pessoas sãs deste país se unirem contra um golpe e contra a carnificina que a insistência deste sociopata em reduzir a quarentena irá causar. Somos nós, de Ronaldo Caiado a Marcelo Freixo, quem temos que gritar com toda a força dos nossos pulmões que há um fantasma na presidência. Um monstro no Planalto. Um serial killer no comando dos jardins de infância.

Depois, quando o pesadelo do vírus e do monstro passarem, cabe aos sobreviventes adultos de todos os matizes políticos repensar o mundo para que nele não haja um exército de excluídos frustrados, humilhados e dispostos a embarcar no primeiro filme de terror que lhes oferecer uma migalha de protagonismo.

29 de março de 2020

Preocupados com os próprios narizes

Diante do espelho, na terceira semana de quarentena, corto os pelos do nariz. Uso, para esta tarefa tão comezinha, uma moderna máquina da Panasonic. Sua função principal é cortar cabelo e barba, mas removendo-se a peça com as lâminas paralelas — implacáveis com a queratina, gentis com a epiderme — encaixa-se um tubinho preto e a traquitana dá às minhas fossas nasais um tratamento digno de "Brazilian wax". Custou menos de cem reais, na Amazon.

Olho a máquina e lembro do Napoleão: do alto destas engrenagens, quarenta séculos me contemplam. Arquimedes, Aristóteles, Euclides, Pitágoras, Leonardo da Vinci, Rutherford, Georg Ohm, Thomas Edison, Linus Pauling e Nikola Tesla são apenas alguns dos nomes diretamente envolvidos no corte preciso dos meus pelos.

Não nos esqueçamos, porém, das humanas, pois sem um mundo estável, sem sociedades relativamente prósperas e pacíficas, estes gênios estariam cavoucando a terra atrás de tubérculos ou se matando com tacapes e não poderiam dedicar-se à ciência. Meu nariz deve agradecer também, portanto, a Sócrates, Platão, Aristófanes, Sófocles, Ésquilo, Ovídio, Virgílio, Sêneca, Cervantes, Shakespeare, Hobbes, Locke, Rousseau, Montesquieu, Descartes, Camões, aos pais fundadores dos Estados Unidos, Walt Whitman, Adam Smith, Karl Marx, Keynes, Churchill. A lista vai longe, passa pelo teto da Capela Sistina e pela lama de Woodstock.

Agora, com o mundo de pernas pro ar, percebo o absurdo contido nesta maquininha. Faltam máscaras hospitalares em diversos países. Faltam reagentes para testes. Faltam leitos e respiradores nos hospitais. Falta coordenação nas ações globais contra a pandemia. Não tínhamos um plano, um consenso sobre o que fazer diante de um vírus contagioso e letal, mas temos uma fantástica máquina da Panasonic para cortar os pelos do nariz.

Não foi por falta de aviso que o corona penetrou na humanidade como a Alemanha na defesa brasileira do 7 × 1. O filme *Contágio* é de 2011. O Ted Talk do Bill Gates avisando que ia dar ruim é de 2015 e tem 25 milhões de visualizações. A Netflix trouxe a série *Pandemia*, há alguns meses.

E a realidade, esta plataforma continuamente subestimada, estreou só na última década os blockbusters ebola, Sars e Mers — sem falar em produções mais antigas como zika, dengue, aids, varíola, tifo, febre amarela, tuberculose e o grande clássico: gripe espanhola. Onde nós estávamos com a cabeça nos últimos cem anos que não fomos capazes de nos preparar? Estávamos concentrados em produzir coisas como, por exemplo, minha máquina de cortar pelos.

O estranho, penso agora, não é o mundo todo estar trancado dentro de casa nas últimas semanas, é o mundo ser organizado (sic) como era nas últimas décadas. Bilhões de dólares gastos em comida pra cachorro enquanto falta dinheiro para pesquisa em remédios para humanos. Roberto Justus é milionário e o Tom Zé já quase passou fome. O Brasil gastou bilhões com a Copa e a Olimpíada antes de garantir saneamento básico à população. (Na época, confesso envergonhado, não achei absurdo.) Imagino que mais tempo, dinheiro e neurônios foram depositados na logística que torna possível a entrega da minha maquininha Panasonic pela Amazon do que na preparação do mundo para esta pandemia. Tá muito errado.

Uma das oportunidades que surgem quando tudo deixa de ser como era é que não dá mais para normalizar bizarrices alegando que "é assim que as coisas são". As coisas são como quisermos que sejam. Nós escolhemos narizes bonitinhos para 1% em vez de saúde para todos. Podemos desescolher.

5 de abril de 2020

O horror acima de todos

Eis que, por razões que fogem à razão, num dia agourento de 2018 o pior aluno da escola foi alçado ao cargo de diretor. Zé Peidola, que estava havia 28 anos sem conseguir passar da quinta série, tinha este apelido por conta de sua ocupação favorita: liberar gases durante as aulas. Os amigos do fundão riam muito e diziam que o Zé Peidola era "mó zoeiro!".

Após ser empossado, a primeira atitude do Zé Peidola foi demitir todos os professores e colocar em seus lugares os amigos do fundão. No lugar da Fátima, professora de física formada pela USP, entrou o Mosca, que era bom de Lego. Gilberto, de geografia, formado pela Unicamp, foi trocado pelo Horroroso, que já tinha viajado pra Disney e pra Bariloche. Chris, a professora de português, com dois livros de poesia publicados, foi trocada pelo Língua Presa porque Zé Peidola achou muito engraçado colocar alguém de língua presa para ensinar uma língua. No lugar do professor de artes não entrou ninguém, porque segundo Zé Peidola arte é coisa de viado. Mó zoeiro, o Zé Peidola!

O único adulto colocado como professor foi o Teles, pra

ensinar matemática. Teles tinha feito faculdade nos Estados Unidos cinquenta anos antes e ainda era membro de uma antiga seita que ninguém mais seguia — nem nos Estados Unidos — segundo a qual a escola não tinha que dar nenhuma orientação, era pra deixar os alunos fazerem o que quisessem e eles se entenderiam.

Depois, Zé Peidola trocou a fruta do lanche por Cheetos sabor churrasco. A média para passar de ano foi de seis e meio para dois. Zé Peidola cortou todas as árvores do pátio e colocou no lugar televisões passando Silvio Santos. Na biblioteca, Zé Peidola instalou TVs passando *Tom & Jerry* e botou os livros para serem usados como papel higiênico. O laboratório ele e os amigos destruíram a marretadas, salvando só o clorofórmio pra fazer lança-perfume. Mó zoeira!

A escola, sob os desmandos de Zé Peidola, foi se desmilinguindo. Ninguém aprendia nada com aqueles professores. Os bons alunos passaram a sofrer bullying. Por medo, as alunas só iam ao banheiro em bando. Um dia o Zé Peidola viu uma aluna pedindo pras amigas irem ao banheiro com ela e disse que ela não precisava ter medo porque era feia e não merecia ser estuprada. Mó zoeira!

Então, no começo do segundo ano de Zé Peidola na direção, surgiu na escola uma epidemia. O médico consultor da escola sugeriu algumas medidas profiláticas. Zé Peidola disse que quem mandava ali era ele, demitiu o médico e botou um amigo no lugar.

Os alunos começaram a morrer. Zé Peidola disse, com visível raiva das vítimas, que só morria aluno com problema de saúde. (Ele pensou, satisfeito, mas não disse, que ia morrer muito preto e pobre, também.) Morreu um. Morreram dez. Cem. Mil. Dez mil. Quinze mil. Zé Peidola pediu pro amigo médico receitar aos doentes Cheetos sabor churrasco — tinha visto no Twitter que curava a doença. O amigo recusou-se. Zé Peidola o demitiu também.

    Chegou uma hora em que morriam mil por dia. Morriam sem ar. Afogados, com os pulmões inundados. Roxos. Sós. Eram enterrados sem velórios, em valas comuns. E os adultos — você se pergunta —, não faziam nada?! Nada. Aqui e ali, publicavam umas notas de repúdio e enquanto viam seus pais morrerem, seus irmãos morrerem, seus filhos morrerem, as paredes da escola ruírem e o teto desabar, diziam que não era o caso de tirar Zé Peidola da direção. Vinte mil. Trinta mil. Cinquenta mil. Cem mil? Mó zoeira!

16 de maio de 2020

Fábulas mui, mui distantes

Você conhece a velha fábula chinesa sobre os preás e a serpente? Pouco provável, porque acabei de inventar a velha fábula chinesa sobre os preás e a serpente.

A história é assim, desde o século XI, faz dez minutos: um belo dia estavam os sino-preás aquecendo-se na relva sob o sol primaveril quando avistaram ao longe uma serpente. Um preá mais precavido alertou: "comunidade preática, eis ali uma serpente!".

Os outros preás desdenharam: "calma, noia, tá longe". O precavido preá ponderou: "tá longe, mas tá vindo, uma hora chega". Os outros relevaram: "chega, mas demoooooora". O aflito preá insistiu: "e quando chegar?".

Os outros preás seguiram ao sol, girando de um lado pro outro, gozando o prazer de coçar a pança na grama e de comer frutas silvestres: "no futuro, quando a serpente chegar", disseram, "talvez já nem seja mais serpente. Talvez os caminhos do bosque a amadureçam, o roçar das raízes na pança façam-na mais fiel às instituições".

E a palavra "instituições" soou tão bela que fez com que os preás rolassem e rolassem e rolassem despreocupados na relva.

O preá desesperado já estava quase gritando, tuitava e mandava mensagens de zap o dia todo: "como vocês não percebem?! Ela nasceu serpente! Cresceu serpente! Manteve-se serpente há décadas! Nunca disse que deixaria de ser serpente! O que leva vocês a achar que ela moderará sua serpentice?!".

Um preá descolado e blasé, de aros grossos e metido a sabichão, disse que o medo dos preás era mimimi, vitimismo, vontade de conseguir cota em universidades e dinheiro da Lei Preáunet.

Disse que se a serpente não aprendesse nada no caminho, a sólida comunidade de preás serviria para civilizá-la e pronunciou uma frase que tinha um poder ainda mais encantatório do que "instituições": "freios e contrapesos".

E todos os outros preás, ouvindo as palavras mágicas "freios e contrapesos", entorpecidos por um climinha mezzo Founding Fathers americanos, mezzo Montesquieu, fizeram um high five e voltaram a rolar na relva. Daí, a serpente chegou e comeu todo mundo.

Há também uma linda lenda quirguistã, relatada pelo sábio Burslandin, no século XIII. Sob o reinado de Birsludin, no território de Ashtar, houve uma grande seca. Todos padeciam da fome e da sede. A cada dia que passava, era menor a quantidade de comida e bebida ao alcance de cada súdito do reino.

Então, quando a coisa ficou tensa, Birsludin decretou que todos aqueles que punham o papel higiênico na parede de forma que a folha saísse por baixo, não por cima, eram inimigos do reino. Birsludin condenou todos estes à morte por empalamento.

Então metade da população morreu. E com metade da população morta, a seca não castigou tão violentamente a outra metade.

O comércio reabriu rapidamente. Havia momentos em que

alguém sofria, saudoso, pensando num ente querido. Mas bastava morder um caqui e a dor passava. Porque, afinal, a generosidade não resiste a uma barriga vazia.

    E tem também aquela história da Venezuela, né? Onde eles elegeram um facínora pra acabar com o PT e deram todo o poder pro facínora acabar com o PT, daí o facínora armou as milícias e destruiu as instituições e deu um golpe e torturou e matou todos os que ele achava que tinham a ver com o PT, o que incluía qualquer cientista, artista, operário, autônomo, esportista, negro, gay ou tantos outros que compunham basicamente 70% da população e ponto-final.

30 de maio de 2020

Brasil, sala de roteiro

Roteirista-chefe: "Gente, por favor, vamos concentrar? É importante: a cena final do último episódio da penúltima temporada. Prisão do Queiroz: quem tava escondendo o cara esse tempo todo?". Estagiário: "O advogado da família Bolsonaro!". Roteirista-chefe: "Não, Enzo. Soa inverossímil. O advogado da família Bolsonaro nunca ia esconder a principal prova contra a família. A gente tá fazendo *House of Cards*, não *Detetives do prédio azul*!". Roteirista 1: "Você disse a mesma coisa quando eu sugeri a cena do Joesley gravando o Temer de madrugada no estacionamento do palácio e foi dos episódios mais vistos daquela temporada".

Roteirista-chefe: "Ibope não é sinônimo de qualidade! Vamos tentar ser mais criativos? Vamos mudar o foco. Em vez de quem escondeu o Queiroz: onde ele pode estar escondido? Num ferro-velho? Num barco abandonado nas docas? Num motel em Macapá?". Roteirista 2: "Num sítio em Atibaia!". Roteirista-chefe: "De novo? Suposto caso de corrupção do Lula: sítio em Atibaia. Suposto caso de corrupção do Bolsonaro: sítio em Atibaia! Até o

Adriano da Nóbrega você queria mocozar num sítio em Atibaia!".
Roteirista 2: "É que eu tenho um sítio em Atibaia. Você sempre diz pra gente escrever sobre o que a gente conhece. E a produção ia gostar, já tem cenário pronto".

Roteirista 1: "Sei lá, tava pensando aqui mais na cena da prisão, mesmo. Se não for bom, esquece, tá? Tô só jogando... Imaginei que a polícia entra aí nesse bunker que a gente não sabe onde é, aí tem um baita poster 'AI-5' bem em cima de uma lareira! Pá!". Roteirista-chefe: "Sei. Como se o vilão tivesse um crachá no peito escrito 'vilão!'? Que mais você quer? Uns bonequinhos de bandidos numa bancada? Tipo uns Tony Montana, do *Scarface*???". Estagiário: "Eu curto uns bonequinhos do *Scarface*!". Roteirista 2: "Não faz sentido o Queiroz ser fã do Tony Montana porque o Tony Montana é tráfico, o Queiroz é milícia. E o Tony Montana recebe os inimigos atirando e a gente quer que o Queiroz seja preso, né? Pra ter a prisão dos Bolsonaro na última temporada".

Estagiário: "Ele pode receber a PF atirando. Morre. Aí a gente começa a próxima temporada mostrando que aquele na verdade era o irmão gêmeo do Queiroz". Roteirista-chefe: "Pelo amor de Deus, gente! Isso aqui não é novela mexicana! Vamos fazer um negócio decente, coerente, fino?".

Silêncio constrangedor. Roteirista-chefe: "Que foi?! Por que o climão?". Roteirista 1: "Na boa. É que faz tempo que a gente perdeu o pé". Roteirista 2: "Desde 2013 a série tá bem zoada". Roteirista 1: "Fazem até meme. Ah, Moro é herói, ah, Moro é vilão, ah, Globo é fascista, ah, Globo é comunista! Ator pornô vira deputado. Cai presidente, sobe presidente...".

Roteirista-chefe desaba e começa a chorar: "Eu sei! Eu sei! Não tem sido fácil. A Ana Sílvia me abandonou em junho de 2013. Vocês sabem do meu problema com álcool. Eu ia escrever, não sabia mais se as cenas de passeata eram de esquerda, de direita, troquei MPL por MBL... Misturava Cynar com Gardenal e escrevia aqueles discursos da Dilma. Toda a cena do impeachment eu escrevi cheiradaço. Depois entrei pro AA. A série ficou meio morna: temporada do governo Temer. Aí fui pro Daime e essa temporada do Bolsonaro eu escaletei inteira numa bad trip de ayahuasca. Mas não importa! Mesmo nos meus dias mais doidaraços eu jamais faria prenderem o Queiroz num sítio em Atibaia que pertence ao advogado dos Bolsonaro e que tem poster do AI-5 com bonequinho do *Scarface*. É um roteiro vagabundo demais. Vamos lá, vamos começar de novo: onde a gente pode esconder o Queiroz?".

P.S. Esta crônica deu origem a dois curtas/esquetes, postados no YouTube com o título "Sala de Roteiro". Foi tudo gravado por zoom, durante a quarentena, pelo Fernando Meirelles. Atuaram Mariana Lima, Andrea Beltrão, William Costa, Henrique Diaz e Marcos Palmeira. Produção, Janaina Augustin.

20 de junho de 2020

A doutrina do "f.d@-se!"

Foi antes da pandemia. Terminada a apresentação musical na escola, alguns pais e mães levamos as crianças para comer bolo num café ali por perto. Uns vinte metros adiante um ônibus quebrou, fechando a rua e formando um pequeno engarrafamento.

Dentro de seu carro, então, um cidadão — acho que era um "cidadão", perdoe-me se acaso fosse um engenheiro civil formado, ó, bacharel — mete a mão na buzina e não solta. Um segundo, dois, três, quatro, dez, quinze. Lá pelo vigésimo segundo, um valente grupo de mães vai até o carro do infeliz e explica que não adianta buzinar: tem um ônibus quebrado ali na frente.

Sem abrir a janela o sujeito rebate a informação numa concisão de poeta: "Foda-se!". Naquele instante eu entendi a essência do bolsonarismo. O comunicado das mães tinha uma abordagem, digamos, científica da situação. Estavam tentando dizer que ao ouvir a buzina incessante o motor do ônibus não voltaria a funcionar.

O cara do carro, contudo, não queria resolver o problema do engarrafamento. Ele queria só jogar toda a sua indignação no ventilador. Mesmo que com isso ele piorasse a situação de todos em volta — inclusive a própria, pois não era surdo.

O bolsonarismo se vende para os seus como movimento empoderador e libertário, mas na real é profundamente melancólico: é o gozo da desistência, a celebração da impotência, o triunfo da incapacidade. Buzinar para o ônibus quebrado. *"¡Si hay solución, yo soy contra!"* "Foda-se!"

Amazônia? Desmonta o Ministério do Meio Ambiente, desmata, queima, anistia, "foda-se!". Segurança pública? Dá uma arma pra cada um, 550 balas por mês e "foda-se"! Radar nas estradas? Cadeirinha pra criança pequena? Tira tudo e "foda-se"!

Pandemia? É "chuva", vai molhar todo mundo, "foda-se!". (O que é o "E daí?" senão um "foda-se!" de salão? Um "foda-se!" fora do ambiente descontraído e moleque de uma, por exemplo, reunião ministerial?)

Na última revista *piauí*, João Moreira Salles publicou um texto brilhante sobre a fixação do Bolsonaro com a morte: o único assunto que o excita.

Não me parece que estes vinte e tantos por cento que se declaram "fechados com o mito" necessariamente salivem diante do sangue alheio, como o chefe. Mas, talvez, desiludidos com os resultados que a república, a democracia e o estado de direito trouxeram ao Brasil, e sem perceber que é do fortalecimento das instituições capengas, não da sua demolição, que virá uma possível melhora, sintam a comichão de pegar na marreta. Ou numa arma. Ou tocar a buzina. (Um texto excelente do Renato Janine Ribeiro aprofunda-se neste assunto.)

O que os seguidores cegos do capitão não percebem, nem ele, é que toda vez que a gente fala "foda-se!", na verdade está dizendo "foda-me!". A Amazônia, o STF, a democracia, os direitos humanos, uma melhor distribuição de renda, a luta contra o racismo, a homofobia e o machismo beneficiam a todos nós. De direita, de esquerda, liberais, socialistas, héteros, gays, brancos, pretos, evangélicos, umbandistas, o MTST e a avenida Faria Lima.

    O alívio oferecido por essa necropolítica é o alívio do suicida. Da terra arrasada com a qual o bolsonarismo sonha não brotará um mundo novo. Crescerão apenas as ervas daninhas que há séculos impedem o nosso desenvolvimento: agora com muito mais força, pois sem ter que disputar espaço com a extinta flora da civilização.

11 de julho de 2020

Diário da quarentena

Algum momento em janeiro — Leio no jornal sobre um vírus na China. Que viagem se preocuparem com um vírus na China. As pessoas morrem de dengue no Brasil e a imprensa preocupada com moléstia de morcego na Cochinchina?

15 de março — Duas semanas sem sair de casa. Minha irmã conseguiu um esquema de compra de álcool em gel 70% na dark web. Ela comprou cem litros para mim. A ex-namorada do meu primo é irmã de um traficante de cocaína, mísseis terra-ar e animais silvestres que me conseguiu dez máscaras N-95 em troca do nosso Honda Fit, mais seis parcelas de dois mil reais. Minha mulher ficou um pouco ressabiada com minha atitude intempestiva, mas foi convencida de que é melhor estar vivo sem carro do que morto com carro.

15 de março — Tem álcool em gel e máscara pra vender nas lojas Americanas a R$ 9,99 o litro e R$ 20,00 a dúzia. Frete grátis. Minha mulher ameaçou sair de casa. Eu disse que ela não podia sair de casa por causa da quarentena. Dividimos a casa.

Eu fico quarentenado no lavabo, ela e as crianças no resto do apartamento. Ainda acho que saiu barato.

1º de abril — O traficante devolveu meu Honda Fit! Mentira: primeiro de abril! (Sei que é estúpido tentar enganar a mim mesmo no primeiro de abril. Coisas da quarentena. No lavabo.)

20 de abril — Minha mulher teve dificuldades para abrir um pote de palmito. Pediu ajuda. Negociei bem: em troca, eu poderia usar o resto da casa. Sorte que minha mulher ama palmito mais do que me odeia. Vitória!

23 de abril — As crianças não aguentam mais ficar fechadas no apartamento. Liberamos Netflix o dia inteiro. Liberamos sorvete o dia inteiro. Banho só aos domingos. O único ponto em que conseguimos não transigir foi sobre fumarem cigarro e beberem uísque antes do meio-dia. Isso não. Eles têm seis e cinco anos, precisam de regras.

26 de maio — Começaram as aulas em casa, com apostilas e lives por hangout. Ao contrário do que eu pensava, não é só conectar e deixá-los ali. Tem que ficar do lado o tempo todo ajudando. Buscando régua. Buscando tesoura. Buscando "botões de diferentes cores". Buscando "barbante ou outro tipo de linha". Ensinando como põe e tira do mudo. Explicando que caxorro não é com x. Reconectando quando cai. Não consigo mais trabalhar. Nem comer. Nem dormir.

27 de maio — Eu e a minha mulher decidimos acabar com essa história de *homeschooling*. (Adaptando aquela piada do cunhado: se *homeschooling* fosse bom, não tinha "choo" no meio.) Caso eu morra e este diário venha a público: Pedro, Bel, Paula, cunhado e cunhadas queridos, amo vocês. É só uma piada pra mim mesmo no meu diário. Coisas da quarentena.

3 de junho — Meus filhos se revoltaram por não ter aula. Liberamos sorvete e Netflix desde o café da manhã e cigarro e

uísque depois das dez. Insistimos para que não fumem na cama nem na cabana da Peppa, pelo risco de incêndio.

187 de junho — Sim. Cento e oitenta e sete de junho. Os dias não passam. As semanas não passam. Estamos presos em 2020. #diadamarmotafeelings.

Julho. Acho — Tomei todo o uísque das crianças. Peguei a máquina de fazer barba e cortei o meu cabelo e o delas. Liguei pra uma ex-namorada da quinta série, chorando. Vomitei em cima do quebra-cabeças de duas mil peças da Patrulha canina que minha mulher e as crianças estavam terminando de montar. Tuitei contra a #foicedesaopaulo e a #globolixo e só lembrei que eu trabalhava para a *Folha* e a Globo quando ligaram de lá para me demitir. De volta pro lavabo. Rezando para que saia logo a vacina. Ou para que ainda haja na despensa algum pote de palmito.

25 de julho de 2020

As crônicas não escritas

Bolsonaro é um buraco negro. Ele suga nossa atenção, nossa alegria, nossa esperança, nosso raciocínio, nosso ócio e nosso negócio. No segundo semestre de 2018 eu estava, com outros quatro roteiristas, escrevendo uma série de humor. Todo dia, entre rubricas, tramas e piadas, o assunto surgia, incontornável: e se o Bolsonaro ganhar as eleições? O que significaria um governo dele?

Era o fim da reunião. Não conseguíamos mais falar de outro tema. Jogávamos uma espécie de truco macabro em que cada um aumentava a aposta do outro nas previsões apocalípticas. "Ele vai destruir a imprensa livre, como o cara lá na Hungria!" "Ele vai aparelhar o Judiciário, como o cara lá na Polônia!" "Ele vai assassinar os desafetos, como o cara lá da milícia, amigo da família, Adriano da Nóbrega."

Depois de algumas semanas de masoquismo e inércia produtiva, escrevemos em giz amarelo, bem grande, no alto da lousa preta, "NVFSB": "Não Vamos Falar Sobre Bolsonaro". Toda vez que um de nós percebia aproximarmo-nos do horizonte de eventos do buraco negro, gritava "NVFSB!" — e retornávamos à terra firme.

Bolsonaro venceu. Há um ano e meio temos que lutar diariamente contra os ataques deste siderado à ordem democrática, ao estado de direito, à verdade, à lógica. Para além disso, há outro estrago: dentro da cabeça de cada democrata brasileiro vive um Bolsonarinho cuspindo absurdos e vomitando truculência — sem máscara, claro — 24 horas por dia.

O buraco negro está dentro de nós. Este espaço aqui, outrora dedicado à crônica, é mais uma vítima do ralo cósmico. Foi engolido o texto em que contava como eu e a minha mulher, isolados com as crianças no meio do mato, havíamos nos esquecido da Páscoa. Queria ter escrito sobre o complexo protocolo de entregas do coelho, inventado por mim: começava pelo litoral e deixava por último as cidades interioranas localizadas nas montanhas.

Não contei aqui, como queria, sobre a ida inútil à cidade mais próxima, onde não encontrei à venda um único ovo de chocolate, obrigando-me a esconder paçocas e pés de moleque pelo jardim. "Com a pandemia, filhos, o coelho prefere valorizar os produtos locais."

Na semana seguinte, não escrevi a crônica contando como minha filha, diante das patacoadas pascoais de seu pai, deixou de acreditar ao mesmo tempo no coelho, no Papai Noel e na Fada do Dente. Em junho, nos meus dez anos de casado, não escrevi a crônica sobre a noite de 2007 em que me apaixonei pela mãe destas crianças, no mezanino do Bar Balcão.

Se não houvesse o desgoverno, neste exato momento eu apagaria os parágrafos anteriores e recomeçaria daqui: escreveria uma crônica sobre o Balcão. Seria, no fundo, uma crônica sobre o meu pai, com quem comecei a frequentar o bar, ainda adolescente. Não o vejo há meses e ele está chateado comigo, porque ainda não li os originais do seu próximo livro. Tem razão.

A crônica falaria sobre as mudanças nas relações entre pais e filhos ao longo dos anos. Sobre rancores e culpa e amor e perdão. Sobre "o tempo que perdemos com o que nos parece urgente", como bem diz o lugar-comum, "esquecendo do que é importante"; as festas e datas especiais; as pessoas especiais; o "Hambúrguer da capa", no Balcão e, do outro lado, vejam só, o amor da minha vida. Tudo isso é e será para sempre importante, décadas e décadas depois que Bolsonaro tiver retornado à sua cósmica desimportância.

1º de agosto de 2020

Bacon: direita ou esquerda?

Cloroquina é de direita. Quarentena é de esquerda. Crossfit é de direita. Yoga é de esquerda. Coca-Cola é de direita. Fanta Laranja é de extrema direita. Guaraná é de esquerda. Guaraná em pó é do PSOL. Filé mignon é de direita. Chuleta é de esquerda. T-bone votou no Amoêdo. Rabada foi sindicalista com o Lula em São Bernardo lá por 1978. Bem passado é do PSL. Mal passado dá aula na FFLCH. Mas e o bacon? Onde encaixar o bacon é a grande questão taxonômica da atualidade.

Afinal, neste mundo binário em que só existe preto ou branco, a pessoa tem que entender o significado do bacon pra se posicionar gastronomicamente. Sendo o bacon de esquerda, um cidadão de direita, ao comê-lo, sentiria-se assistindo a *Bacurau*. Sendo o bacon de direita, um cidadão de esquerda, ao comê-lo, sentiria-se usando uma camisa polo com cavalinho no peito. Complicado isso aí.

Uma pena o Umberto Eco, que ia de monges na Idade Média à semiótica do striptease, já não estar mais entre nós. Ou o Roland Barthes, que no livro *Mitologias* tão bem teorizou sobre o bife com batatas fritas. Dada a urgência do tema e a sua ausência no debate sociológico contemporâneo, resta a este pangaré aqui levantar algumas hipóteses, para que outros mais capazes as aprofundem num futuro próximo.

Por um lado, vejo o bacon trumpista. "Redneck." A favor do muro na fronteira com o México. Agressivo com imigrantes e coronárias. Mas também consigo enxergar o bacon hipster. A charcutaria artesanal. A gordura raiz. Ouço o bacon gritando contra as exigências puritanas de saúde e alta produtividade do capitalismo avançado: "Carpe diem!".

É uma questão escorregadia — gordurosa. Se o bacon é antípoda da macrobiótica e a macrobiótica é de extrema esquerda, então o bacon é de extrema direita. Mas se o bacon representa a valorização da dieta camponesa de pequenos vilarejos no interior da Europa, então ele é quase hippie, ecologista e luta pelo "Green New Deal".

Talvez a questão esteja na nomenclatura. Se chamarmos de bacon, é de direita. Se encararmos como toucinho, é de esquerda. Quem sabe o Aldo Rebelo, que já quis proibir anglicismos por todo o território nacional, não se empolgue e tente implementar a obrigatoriedade da tradução de bacon por toucinho?

Haveria grita na direita, mas é bom lembrar que os asseclas do imperialismo ianque já rebatizaram cumbuca como "bowl", castanhas como "nuts" e telefonema como "call". O que custaria nos dar o bacon, ou melhor, o toucinho?

Pensando bem, talvez eu não devesse publicar esta coluna. Vai que a esquerda cancela o bacon? Que o bacon perca o emprego, seja trollado nas redes e hostilizado em aeroportos? Pobre bacon. Meu irmão. Meu amigo. Frito em cubos, à pururuca e encharcado de limão-cravo, num boteco em Belo Horizonte. No feijão de todo dia. Em qualquer sanduíche. Com ovos fritos. Puro, no micro-ondas, crocante. Não deveríamos politizar o bacon.

Espera. Não. É o contrário: urge politizarmos o bacon. Talvez o bacon seja o famigerado terreno comum diante do qual direita e esquerda darão as mãos. Vejamos a tira não como uma fronteira, mas como uma ponte. Encaremos seu aspecto bicolor não como segregacionismo, mas coexistência. O bacon tem o poder inspiracional de que os democratas do mundo precisam. Jamais me esquecerei de Anthony Bourdain, bêbado de vinho e poesia, diante de um porco no rolete, exclamando: *"Oh, noble animal!"*.

Que desgraça é este mundo. Que deleite é este pedacinho suíno. Vinde a nós, toucinho, sacieis os nossos corpos e redimais as nossas almas!

Ó, nobre animal!

5 de setembro de 2020

Quarentena, gim-tônica e Serasa

Escrevo esta coluna bêbado, dez quilos acima do meu peso, num teclado besuntado de maionese e com o nome no Serasa: sou um quarentão, mas pode me chamar de quarentener.

Em março eu estava na melhor forma da minha vida. Vinha treinando havia meses para uma meia maratona. Bebia moderadamente. Comia quinoa. Brócolis. Kiwi. Fazia ginástica funcional. Meu assoalho pélvico tava tinindo como um porcelanato com Pinho Sol. Cheguei perto, juro, de ter uma barriga de tanquinho. Então veio o corona.

No primeiro mês, tentei manter a normalidade. Para mim e para as crianças. Aquela pose austera e meio boba, tipo: não é porque estou sozinho que posso comer de boca aberta.

Tudo mudou em abril, quando li uma matéria no *New York Times*. No artigo, uma nutricionista sugeria que a quarentena não era o momento de educar as crianças para uma alimentação saudável. Elas já estavam sem escola, sem avós, sem a pracinha, sem amigos; talvez, nos dois meses que deveria durar a quarentena, fosse mais importante reconfortar suas pequenas almas com batata frita e ovo de Páscoa recheado de chocotone do que proporcionar aos seus diminutos corpos a quantidade ideal de fibras, betacaroteno e flavonoides.

Fechei o iPad, abri um Diamante Negro de quinhentos gramas pros meus filhos e — numa regra de três autoindulgente — escancarei um caminho sem volta pra mim.

Ué, se as crianças merecem açúcar e afeto, pensei, eu também mereço os meus correlatos. Começava aí um mergulho perigoso no alcoolismo, no hamburguismo, no pizzismo, no sedentarismo e no amazonismo — o vício de entrar na Amazon quase todo dia e comprar coisas absolutamente inúteis.

Comprei: um estilingue que seria aprovado pelo Comitê Olímpico Internacional, caso estilingue fosse esporte olímpico, um microscópio, uma barraca de camping, uma luminária a energia solar, um pandeiro, formas de gelo que parecem ter sido desenvolvidas pela Nasa, um saca-rolhas elétrico, um fone de ouvidos sem fio, outro fone de ouvidos sem fio, mais um fone de ouvidos sem fio, um moedor de carne manual, um moedor de carne elétrico, umas rodelas de metal pra moldar hambúrguer, umas minitampas de panela pra derreter o queijo do hambúrguer e uma quantidade de livros que três gerações dos meus descendentes não darão conta de ler.

Pros meus filhos: bastões luminescentes de camping, 28 bonecos dos *Power Rangers*, 189 mil jogos de iPad, caixa de lápis de cor, caixa de massinha, caixa de argila, 25 bonecas LOL (aí que entrei pro Serasa; uma Ferrari é mais barata do que as bonecas LOL).

Foi emocionante e divertido no começo. Eu trabalhava de casa todo dia, das dez às cinco e cinquenta e nove. Assim que dava seis da tarde, porém, eu sextava furiosamente.

Por dois meses, como disse a nutricionista do *New York Times*, tudo bem. Mas a pandemia, ao contrário do que ela previa, não acabou. E essa existência mezzo saloon de velho oeste, mezzo Passaporte da Alegria no Playcenter, oito meses depois, tá cobrando seu preço. Pro meu cartão de crédito. Pras minhas coronárias. Pra educação dos meus filhos.

Num mesmo dia o Dani perguntou: "Papai, o que a gente vai comprar hoje?". E a Olivia: "Papai, se eu te falar uma coisa, você não vai ficar bravo?". "Claro que não, filhota, o que é?" "É que a sua barriga tá ficando engraçada."

Decidi que tinha chegado ao fundo do poço. Precisava tomar uma atitude. Botei os dois pra dormir, fiz um gim-tônica, entrei na Amazon e comprei um telescópio.

24 de outubro de 2020

Chupa, treva!

Em *Veneno remédio: O futebol e o Brasil*, José Miguel Wisnik atenta para um dos encantos do esporte bretão: a assimetria nos resultados. Peguemos o basquete. Inventado sob encomenda, em 1896, por um professor canadense de educação física, foi desenhado para ser equilibrado, meritocrático, para que vença o melhor — e vence. É muito difícil um time ruim ganhar de um bom.

Por isso mesmo, segundo o Wisnik, a bola ao cesto vai mais alto, porém não tão fundo quanto a que passa entre os três paus. O basquete é menos semelhante à vida: injusta, assimétrica, sempre passível de uma falta mal marcada, uma canela redentora, um gol contra aos 44 do segundo tempo.

Tendo passado as últimas 8975 horas acompanhando a apuração das eleições americanas, entendi finalmente a razão de os Estados Unidos nunca terem dado pelota pro futebol. Não é, como eu pensava, culpa da ética protestante e do espírito do capitalismo (citando outro mestre, menos sábio que o Wisnik, posto que nunca disputou uma bola entre a espuma do Atlântico e a areia escura de São Vicente). É o contrário: os americanos valorizam tanto a emoção do caos ludopédico que a concentram, a cada quatro anos, no principal esporte nacional: a pelada de várzea do colégio eleitoral.

Pois eis que, na prorrogação, de virada, como num carrinho do Viola, uma falta do Marcelinho Carioca, um rebote do Tupãzinho, deu Biden e Kamala. Ouço ressoar pelo cosmos a voz de um Galvão Bueno. Não, de um Osmar Santos: gooooooooooooooooooooooooooooooooooooooooooooooooooooooooool da civilização! De viraaaaaaaada! De viraaaaaaada o iluminismo vence as treeeeeeevas, o fasciiiiiiismo, a mentiiiiiira, o raciiiiiismo, o machiiiiiismo, o bronzeamento artificiaaaaaaaal e o laquê no *comb-oooooover*! Chuuuuuuuuupa, Ku Klux Klan! Chuuuuuuuuupa, milíciaaaaa! Viiiiiiiiiiiva Martin Luther King! Viiiiiiiiiiiva Marieeeeeeeelle! Viiiiiiiiiva a arte! A ciência! O caráter! A bondade!

Esses gritos estão fermentando no fundo do meu gogó desde a noite aziaga de 2016 em que vimos Darth Vader e a Estrela da Morte lançarem suas sombras para além de Tatooine, Hungria, Polônia e Brasil. Em 2018, nosotros, cucarachas, assistimos a outra volta do parafuso: um flanelinha desclassificado do trumpismo, apoiado pelos motoristas dos SUVs a quem prometeu ajudar na baliza — e, junto ao parça Guedes, dar uma olhada na charanga —, chegou a Brasília.

Sob as luzes da ribalta, por quase meia década, imbecis proclamam que a Terra é plana, que as vacinas causam autismo, que o mundo é dominado por um conluio entre o mercado financeiro, os artistas de Hollywood, os petistas e o partido democrata norte-americano, cujo objetivo é matar crianças e beber seu sangue. (Não estou inventando ou exagerando. Bote no Google "QAnon". Essa insânia acabou de eleger uma senadora nos Estados Unidos.)

Foi por pouco, mas foi. Trump perdeu. Tem gente bem ruim no mundo, mas também existem os Obamas, os Chicos

Mendes, o feminismo e a luta antirracista, que vez por outra conseguem atravessar as defesas do obscurantismo, chutar por cima das barreiras e balançar a rede. Vou passar dois meses gritando pela janela: chuuuuuuuupa, trevaaaaaaa! Treme, Bozolinooooooo!

7 de novembro de 2020

WhatsApp, ferramenta do demônio

Neste ano, engolfado pelo conluio tenebroso entre confinamento e Bolsonaro, entrei em diversos grupos de zap cujo objetivo é defender e aprimorar a democracia. "Conversas progressistas", "Esporte pela democracia", "#estamosjuntos", "Autores democratas", "Escola antirracista", "Corredores antifascistas" e por aí vai. Não houve um único grupo em que não chegássemos, em algum momento, numa batalha campal.

Engraçado (nem um pouco, na verdade) é a semelhança das brigas. Frases como "Gente, vamos respeitar a opinião alheia?", "Discordar é uma coisa, debochar é outra!", "Desculpa, não era esse o tom que eu quis dar", "A gente já não tinha decidido isso, pessoal????!" e invariavelmente: "fulano saiu do grupo", "sicrano saiu do grupo", "beltrano saiu do grupo".

Depois de participar da décima batalha virtual, comecei a desconfiar que o problema não era das pessoas, das causas, do desespero com o governo ou do estresse com a quarentena. A encrenca era a ferramenta. Quando penso, hoje, sobre criar um movimento coletivo via WhatsApp, a imagem que me vem à cabeça é a de servir um almoço, coletivamente, sobre uma esteira rolante.

Às 14h32min28 o Daniel põe um garfo. A Joana chega às 14h32min35 e põe a faca, o Valter, entrando às 14h32min43, reclama: "Gente, tá o garfo num lugar e a faca três metros depois, não seria mais interessante botarmos um do lado do outro?". "Desculpa, querido, mas você chegou agora, eu e a Joana estamos aqui tentando botar a mesa, se você tivesse chegado antes, poderia ajudar mais em vez de criticar". Aí vem alguém com a salada, outro estende a toalha por cima, a carne fica ao lado da sobremesa. Oito da noite, um desavisado entra no grupo e sugere, sem saber o que rolou ali o dia todo: "pessoal, e se puséssemos a mesa?".

Não é a mente vazia a oficina do demônio, é o WhatsApp. Dentro dele a conversa não se concatena, os raciocínios não fecham, as decisões invariavelmente ficam no ar. É uma ferramenta perfeita pra disseminar o caos, no bom e no mau sentido. O bom sentido é a bagunça dos grupos de amigos. Ninguém ali está tentando construir nada, só quer se divertir postando memes, GIFs, vídeos engraçados. Qualquer um pode entrar a qualquer hora e em qualquer ponto da conversa e simplesmente sorrir com o que passa na esteira.

Já no lado maléfico da balbúrdia está a disseminação de fake news. Justamente pelo fato de as conversas não terem começo, nem meio nem fim, tudo chega entreouvido. Frases soltas. Informações desconexas. O Trump querendo que parassem a contagem dos votos nos estados onde estava na frente e poderia perder, ao mesmo tempo em que exigia a continuação da contagem onde poderia ganhar é o tipo de loucura que só faz sentido neste mundo do WhatsApp.

O fato de estarmos 24 horas por dia com a cara no celular, discutindo em 176 grupos, simultaneamente, também não colabora muito na concentração. Incêndio no Pantanal, legalização do aborto, mamadeira de piroca, eleição na Índia, violência policial e figurinhas da Hebe fazendo coraçãozinho de mão se misturam, sem muita hierarquia e em alta velocidade. É na tela plana que germinam as Terras planas. Duvido que, se estivéssemos todos em torno de uma mesa, olhos nos olhos, as pessoas teriam coragem de dizer metade dos absurdos que enviam por WhatsApp.

Acho até que, se em vez de celulares usássemos tambores ou sinais de fumaça, nos entenderíamos melhor. Mesmo porque deve ser bem difícil comunicar, com toques de atabaque ou uma fogueira, conceitos tais como "mamadeira de piroca".

21 de novembro de 2020

2021

Twitter, FB, zap, YouTube: cúmplices

Depois da invasão do Capitólio, nos Estados Unidos, a CNN americana criou um novo formato jornalístico. Lembra *Piores clipes do mundo*, apresentado décadas atrás pelo Marcos Mion, na MTV — mas não é engraçado. Primeiro, mostram imagens dos republicanos supostamente estarrecidos diante do Cacique de Ramos em que se transformou a democracia americana.

Então, veiculam um clipezinho com todas as falas dos Madalenos arrependidos, nos últimos anos, dando apoio irrestrito às loucuras do Trump, colaborando com a incitação ao ódio e a proliferação das mentiras que levaram Washington, dia 6 de janeiro, àquele macabro bloco de Carnaval.

No Brasil não será diferente. O nome de todos os políticos, empresários, celebridades e cidadãos comuns que dão apoio a este governo sanguinário entrará para a história junto às imagens dos mortos enterrados em valas comuns, dos doentes asfixiados nos hospitais de Manaus, do fogo nas florestas, das chacinas cometidas pelos policiais, da guerra contra a ciência, a educação, a cultura, o bom senso e a razão.

Entre tantos cúmplices de Trump, Bolsonaro e outros projetos de ditador mundo afora, talvez não haja ninguém com mais sangue nas mãos do que Twitter, Facebook, WhatsApp e YouTube. Foi (e é) por meio destas plataformas que os milhares de ovos das serpentes foram chocados, as cobrinhas foram criadas, alimentadas, letradas nas artes do racismo, do machismo, do antivacinismo, do negacionismo climático, do terrorismo e do niilismo corrosivo que move a nau dos insensatos.

Essas redes sempre souberam do serpentário. Para acomodar os trogloditas e ganhar mais seguidores, foram inclusive mudando suas regras ao longo dos anos, fingindo que veneno não era veneno, dente não era dente, estrangulamento de jiboia era apenas um abraço efusivo interespécies. Está tudo aqui.

"Ah, a liberdade de expressão!". Desculpem-me os relações-públicas do Apocalipse, mas tocar as trombetas que fazem chover enxofre e transformam o mar em sangue não é liberdade de expressão, é assassinato em massa. E quem cria o palco para que se toquem as trombetas, vende os ingressos pros espetáculos, comanda a mesa de som, as luzes e — mais importante — ganha muito dinheiro com isso é cúmplice.

É exatamente o que as redes sociais estão fazendo desde o início da ascensão destes líderes autoritários. Colaboram ativamente — pois não só dão espaço mas catapultam as mensagens com seus algoritmos — com a destruição da democracia, a morte de centenas de milhares de pessoas na pandemia e o aquecimento global. (Na Índia, o primeiro-ministro Narendra Modi, figura também chegada a um genocídio, dá celulares à população já com o Facebook instalado e por meio dele propaga suas ideias antidemocráticas.)

Agora, só agora, Facebook, Twitter e YouTube bloqueiam Trump. O que Bolsonaro está fazendo no Brasil é tão ou mais grave do que o que Trump fez nos Estados Unidos. E aí, Facebook? E aí, Twitter? E aí, WhatsApp? E aí, YouTube? As mentiras que Bolsonaro posta e vocês amplificam são diretamente responsáveis pela falta de oxigênio nos hospitais em Manaus. Por que ele não foi bloqueado?

O Facebook é azul pois Mark Zuckerberg não enxerga vermelho nem verde. "Para mim, azul é a cor mais intensa", disse ao *Washington Post*. Zuckerberg deveria ver uma foto dos mortos por asfixia, em Manaus. Também são azuis. Não encontrará as fotos no Facebook, pois suas regras esdrúxulas permitem posts que levam pessoas a morrerem por asfixia, mas não posts que mostrem seus cadáveres. Tempos estranhos esses.

16 de janeiro de 2021

Procurando Nemo…
em Seropédica

Vocês não vão acreditar, mas acabei de ler uma boa notícia. Eu sabia que elas existiam, pois me lembro do passado. Antes de 2013, acontecia de topar com uma ou outra boa notícia por aí, mas de lá pra cá o mundo foi pirambeira abaixo e pensei que estivessem extintas — assim como pensaram os cientistas sobre um peixinho de três centímetros chamado *Leptopanchax opalescens*.

Em 2019, porém, biólogos da Universidade Federal Rural do Rio de Janeiro encontraram oitenta destes peixes dourados dentro de uma poça d'água, em Seropédica. Achavam que um animal estava extinto e ele não está: eis a boa notícia.

Calejado pela última década, não acreditei que a notícia pudesse ser realmente boa. O próprio título da matéria no Ecoa, canal do UOL, já me trazia alguma desconfiança de que por trás da boa notícia de três centímetros haveria uma má notícia de dezesseis toneladas: "Peixe raro com menos de 3 cm 'para' indústria bilionária de alimentos no RJ".*

---

* Marcos Candido, "Peixe raro com menos de 3 cm 'para' indústria bilionária

Pronto, pensei. Acharam os peixinhos na poça, mas a indústria bilionária de alimentos os transformou em salsicha, acimentou a poça e construiu um estacionamento.

Antes de falar da indústria bilionária de alimentos, uma informação incrível sobre o *Leptopanchax opalescens*: ele só vive em poças d'água.

Olha que coisa: os peixes copulam e põem ovos. Quando acaba a estação de chuvas, a poça seca, os peixes morrem e os ovos ficam enterrados. Quando volta a chover, os ovos eclodem. Nenhuma geração jamais conheceu outra. Pais e mães nunca viram os filhos e vice-versa. A espécie acredita que o mundo é feito só de irmãos e primos.

Voltemos à indústria bilionária de alimentos. Ela não fez salsicha com os peixes. Ela queria era construir uma fábrica para fazer salsichas (de porco, presumo, a matéria não informava) no terreno em que estavam os peixes.

"A BRF S.A., uma fusão entre as empresas Sadia e Perdigão, atendeu a uma exigência da secretaria ambiental estadual para inspecionar a existência de espécies ameaçadas de extinção na fábrica em Seropédica. O procedimento é de praxe e a empresa investiu na Fundação de Apoio à Pesquisa Científica e Tecnológica da UFRRJ, que enviou biólogos para analisar o terreno".

Parece ficção, né? Nesta altura do murundu mundial e nacional, no falido estado do Rio de Janeiro, uma empresa cumpriu uma exigência da secretaria estadual ambiental?! E contratou biólogos de uma universidade pública?! E não subornou os biólogos pra esconderem o achado?! Que pessoas são essas, minha

---

de alimentos no RJ", Uol, Ecoa, 22 jan. 2021. Disponível em: <www.uol.com.br/ecoa/ultimas-noticias/2021/01/22/como-peixe-raro-de-3-centimetros-parou-industria-bilionario-de-alimentos.htm>. Acesso em: 10 ago. 2022.

gente?! Eles não conhecem Ricardo Salles? Bolsonaro? Não sabem como funciona este país? Aparentemente, não.

A empresa mudou o projeto da fábrica para não afetar a área do achado, de modo que estes peixes, que há milhares de anos migraram do mar para as poças d'água, possam continuar com sua fraternal existência.

A matéria, escrita por Marcos Candido, termina de forma magistral: "Ecoa entrou em contato com a empresa para informar mais detalhes, mas a BRF afirma que o porta-voz responsável pelo tema está de férias".

Queria agradecer a todos os envolvidos neste sopro de esperança. Desejar boas férias ao porta-voz responsável pelo tema e pedir que na volta à labuta ele espalhe a notícia, para que outras empresas, órgãos de proteção ambiental e cientistas trabalhem da mesma forma, tão contrária à cultura nacional.

Agora me deem licença que vou ali na sala dar outra boa notícia, desta vez para as crianças: hoje jantaremos cachorro-quente, assistindo a *Procurando Nemo*.

23 de janeiro de 2021

Carta de demissão

Primeiramente, gostaria de agradecer a todos. Dizer, do fundo do coração, que vocês são a minha maior obra, amor e orgulho. Olhando para trás, nem acredito. Parecia impossível, mas eu fui lá e fiz. Do nada. De antes do nada, na verdade, uma vez que o nada já pressupõe algo contrapondo-se à sua "nadidade". (Nem sei por que pus aspas: o que é um neologismo para quem inventou o avestruz?) Pá! Pá! Tempo e espaço! Universo! Natureza! Vocês!

Hoje, quando vocês querem comunicar que construíram algo do zero, costumam dizer: "quando eu cheguei, era só mato". Nem imaginam o trabalho que tive para chegar no mato. Foram treze bilhões de anos pra conseguir um broto. Só pra criar o carbono foi um esforço tremendo. Imagina, pensar num único elemento que seja a base de toda a vida? Pra isso tive que criar fornos gigantes. Ah, as estrelas!

Brincando, brincando, põe aí mais uns bilhões de anos ralando. Problema atrás de problema.

Então, uns cinco bilhões de anos atrás eu olhei pra Terra e disse: taí, gostei. Gastei um tempo polindo, lixando, envernizando, me estabeleci e construí toda uma carreira reconhecida, devo dizer, sem humildade, por mais de uma religião. (Um agradecimento especial ao judaísmo, que primeiro acreditou em mim; ao cristianismo, que tanto investiu e divulgou o trabalho da família, e ao islamismo, ainda que fake news de invejosos tentem propagar o absurdo de que Javé e Alá não são a mesma entidade.)

Tenho certeza, olhando pra trás, de que fiz um trabalho importante. Oceano, atmosfera, borboleta, ser humano. Pitágoras. Pi. Bhaskara. Orgulho-me demais de ter olhado praqueles oceanos mortos lá atrás e pensado: "Quer saber? Vou meter aí uns coacervados!". Daí pras amebas, organismos multicelulares, os dinossauros e vocês, foi um pulo. Duplo twist carpado.

Nos últimos tempos, contudo, tenho me sentido cansado. Treze bilhões de anos na mesma função, é puxado. Resolvi assumir algo que já estava latente em mim, mas que eu ainda não conseguia elaborar: eu curto criar, não gerenciar. Admito, aliás, sem ressentimento, que fui mais competente na criação do que na manutenção.

Eu criei o mundo porque gosto da emoção de tirar um projeto do zero. Mas aí, depois de seis dias, estacionei num cargo de gerência e nunca mais saí. Sinto que meu ciclo, por aqui, se completou.

Ainda não sei a que vou me dedicar. Talvez criar outro universo do zero. Talvez um projeto mais simples. Pegar um planetinha charmoso qualquer em Alfa Centauro e fazer a vida começar do zero. Algo pro lado dos polvos. Ou dos fungos. Ou polvos com fungos. Tentáculos e micélio.

Talvez, quem sabe, eu não faça nada por um ou dois milhões de anos. Aprendi a meditar recentemente e esvaziar a cabeça dos pensamentos me ajudou bastante nos últimos cinco milênios. Ajudou, inclusive, com meu problema de bipolaridade. Vocês devem ter notado. Idade Média, Renascença. Einstein,

Hitler. Beatles, Vietnã. Samba, milícia. Pensando bem, não ajudou tanto. Preciso parar. Pensar e cuidar de mim.

    Já tenho feito isso, aliás. Não é segredo para ninguém que me ausentei de 2013 pra cá. Lamento, mas tem um momento na vida em que a gente precisa pensar só em si. Não se desesperem. As coisas vão piorar bem depressa, o sofrimento será curto e logo vocês voltarão ao pó de que vieram. Adeus (sem trocadilho!).

Deus

20 de fevereiro de 2021

Bolsonarismo

Irene volta pra casa mais cedo e pega o marido na cama com outra. "Arnaldo!" O homem não se abala. "Que foi?!" "Como, que foi?! Você aí na cama com uma mulher!" "Essa é a sua opinião." "Que?! Não tem opinião sobre isso!" "Ah, você pode ter a sua opinião e eu não posso ter a minha?! Sabe como chama isso? Comunismo! Vai pra Cuba!" "Arnaldo! Você tá pelado na cama com uma mulher pelada! Você tá aqui ou não tá, minha filha?!" A amante balbucia: "Tô".

O marido capota, mas não breca: "Em quem você vai confiar? Ahn? Na minha palavra? Eu, seu esposo, pai dos seus filhos, ou na palavra de uma vagabunda que você nunca viu na vida e tá na cama com o seu marido?!". "Arnaldo! Seu argumento não faz nenhum sentido! Pra que a fala dela seja invalidada por suposta 'vagabundagem', é necessário que ela esteja aqui transando com você! E outra! Eu não sei se ela é ou não é uma vagabunda! Nem sei o que isso significa! Sei é que você jurou fidelidade a mim diante de Deus e tá mentindo!"

"Péra, péra, péra! Não sabe se ela é ou não uma vagabunda?!

Então uma mulher que topa fazer sexo com um homem casado não é uma vagabunda?! Que é isso?! Aí eu já começo a ficar desconfiado de você..." "De mim???" "É. Defendendo vagabunda?! Defendendo mulher que sai por aí dando pra todo mundo... Que história é essa?! Você sai por aí dando pra todo mundo, Irene?! Você tá me traindo?!" "Chega! Não aguento mais essa conversa absurda! Acabou, Arnaldo!"

"Você quer destruir a nossa família, Irene!" "Eu?!" "Você! Vem pra casa numa hora que não tava combinada, me acusa de traição, faz um barraco! Isso é coisa de comunista! De globalista! De gayzista! Você é lésbica, Irene?!"

"Que que cê tá falando?!" "Ué?! Que que cê tá fazendo no nosso quarto com uma mulher pelada?!" "Eu cheguei aqui e você tava no quarto com uma mulher pelada!!!" "Não muda de assunto! Não tô falando de antes! Tô falando de agora! Me explica! O que você e essa mulher pelada estão fazendo aqui no nosso quarto?!" "Ela tava dando pra você! Eu tô brigando com você!" "Ah, entendi! É um complô! Eu fui vítima de um complô feminista! As duas tão juntas, querendo me destruir! Eu achei que você queria acabar com o nosso casamento, Irene, mas é pior! Vocês armaram tudo isso pra me destruir como homem! O plano de vocês com esse mimimi é emascular todos os homens!"

Neste ponto, a amante intervém: "Cala a boca, Arnaldo! Olha, Irene, eu tô arrasada. Nem sei o que dizer. Eu sabia que ele era casado? Sabia. Mas a gente não se conhecia, eu tava a fim de curtir e...". "Ó lá! Papo de vagabunda! As duas se engraçando! Querem que eu saia?! Querem ficar mais à vontade? Por favor!"

Irene: "Olha, eu nunca tinha pensado nisso, Arnaldo, mas na verdade ela é bem gata. Como você chama, amiga?". "Amanda. Também te curti." Irene: "Dá licença, Arnaldo?". "Que... Que que cê tá falando?" "Que você deu duas ideias geniais. Sexo fora do casamento e sexo com alguém do mesmo sexo. Sai, por favor?" Arnaldo começa a chorar. "Não! Por favor! Irene, eu te amo! Irene! Não faz isso comigo! Eu errei! Foi sem querer!" A amante: "Arnaldo, vaza!". Ele tenta segurar o choro. "Posso participar?" As duas: "Não!". "Posso só olhar, então?" "Não!"

No mundo real esta crônica terminaria com um duplo feminicídio, sem o choro anterior. Felizmente, neste pequeno retângulo, sou rei: em meu modesto reino as duas transam, gozam, conversam, trocam telefones e prometem se afastar do Arnaldo para sempre.

27 de fevereiro de 2021

#gadjiberibimba

A primeira vez que ouvi falar em surrealismo foi na escola. A professora nos mostrou umas obras de arte no retroprojetor e passou uns poemas e manifestos pra gente ler. A apostila explicava: a queda dos piqueniques com champanhe do Manet pras trincheiras com gás mostarda da Primeira Guerra Mundial havia sido tão traumática que a lógica tinha se esgarçado. As palavras não davam conta de descrever o horror. Para retratar a realidade era preciso espatifar as lentes.

Não entendi. Quer dizer, entendi daquela forma protocolar e superficial como entendemos tantas coisas na escola. Da tabela periódica ao simbolismo, do π às figuras de linguagem. Depois, ao longo da vida, a gente apanha um pouco aqui, se apaixona acolá, lê uns livros, assiste a uns filmes, até ir se dando conta de que todo o conteúdo das apostilas tratava do nosso mundo, da nossa vida, das pessoas ao nosso redor. Machado de Assis é um gênio porque descreveu, 150 anos atrás, o seu cunhado.

Só fui entender de verdade o surrealismo no ano passado, quando já estávamos bem afundados nas trincheiras da covid, envenenados pelo gás mostarda do bolsonarismo. Meu professor foi o dramaturgo Eugène Ionesco. Minha apostila, a peça *O rinoceronte*.

Do nada, numa cidade — spoiler — começam a aparecer rinocerontes. No começo o pessoal se choca. Depois, passa a ser um fato mais ou menos corriqueiro. Não demora para o protagonista descobrir que os bichos são, na verdade, os moradores da cidade. Por alguma razão misteriosa, amigos, parentes, vizinhos, todos vão virando rinocerontes, até que o personagem principal se sente coagido a também transformar-se num animal. Não vou contar o fim da história.

É uma peça que se lê com o estômago embrulhado, porque fala do Brasil de hoje: presidente rinoceronte, ministros rinocerontes, rinocerontes aglomerando sem máscara, rinocerontes matando crianças, rinocerontes lucrando e rinocerontes rindo disso tudo. Ionesco escreveu teatro do absurdo? De forma alguma. Foi apenas um realista obcecado descrevendo os regimes totalitários de sua época: nazifascismo, comunismo.

Duzentos e sessenta mil mortos, subindo, acelerando e o rinoceronte em chefe pisoteando mais e mais. Eu e tantos outros na imprensa e nas redes estamos há mais de dois anos gritando: rinocerontes! Rinocerontes! Rinocerontes! Muito em breve chegaremos a 300 mil mortos. "Rinocerontes!" Viu? Nada acontece.

Sinto que as palavras não dão conta de descrever o horror; o que dizer sobre freá-lo? Se para retratar a realidade é preciso espatifar as lentes, como há cem anos, tomo emprestados os cacos linguísticos criados pelo dadaísta Hugo Ball. O poeta alemão escreveu poemas inteiros só com palavras por ele inventadas, "para lembrar o mundo de que existem pessoas de espírito livre — para além da guerra e do nacionalismo — que vivem por diferentes valores". Gente que, como eu e você, se recusa a virar rinoceronte.

Aqui vai a primeira estrofe de "gadji beri bimba", de Hugo

Ball: "gadji beri bimba glandridi laula lonni cadori/ gadjama gramma berida bimbala glandri galassassa laulitalomini/ gadji beri bin blassa glassala laula lonni cadorsu sassala bim/ gadjama tuffm i zimzalla binban gligla wowolimai bin beri ban/ o katalominai rhinozerossola hopsamen laulitalomini hoooo/ gadjama rhinozerossola hopsamen/ bluku terullala blaulala loooo".

Brasil: "gadjama rhinozerossola hopsamen"! Bolsonaro: "bluku"! Salles: "terullala"! Pazuello: "blaulala"! Guedes: "loooo"!

6 de março de 2021

Menos inferno, mais piano

Acho que já mencionei aqui, antes: quando comecei a escrever na *Folha*, toda vez que, embevecido pelo novo-riquismo da coluna própria, me arvorava a dar pitacos sobre política, economia, agropecuária, filatelia ou metempsicose, meu pai mandava um repreensivo e-mail em branco, só com o assunto; "Crônica...". Entre o "a" final e o último ponto das reticências, vai toda uma visão de mundo.

Semana passada, recebi uma cobrança parecida do leitor Paulo Martins Malta. Paulo estava revoltado porque vinha lendo a minha coluna, a da Tati Bernardi e a do Juca Kfouri e não encontrava mais humor, sacadas, opiniões sobre futebol. Era só "aquele" assunto, que prefiro não nomear, em respeito ao Paulo.

"Não é possível que o jornal todo não tenha espaço para o leitor respirar", dizia — deixando claro que também ele estava estarrecido com "aquele" assunto.

O e-mail do Paulo chegou a mim, neste momento tétrico da vida na Terra, como um chamado: está na hora de separar os meninos dos homens.

De que lado você está? Depois de anos de covarde vacilação, devo finalmente amadurecer e assumir que sempre estive e sempre estarei de um lado só: o dos meninos. Que os adultos cuidem da política macroeconômica. Das usinas nucleares. Do impeachment do inominável. Eu combaterei o fascismo botando almofadas de pum nos tronos dos imbecis.

O segundo melhor sanduíche do mundo é feito de pastrami, pão de centeio e mostarda, na lanchonete Katz, em Nova York. (O primeiro é o Bauru do Ponto Chic.)

Entre outras honrarias históricas pelas paredes do Katz, como estrelas em guias, matérias em jornais e fotos de cenas em filmes de Hollywood, estão as propagandas do estabelecimento durante a Segunda Guerra Mundial. "Mande um salame para seu filho, na guerra!", sugere o cartaz.

A Katz vendia os salames, que eram enviados junto com a correspondência dos soldados. O que nos leva a pensar que uma guerra se vence não só com bombas, mas também com salames. Pai, Paulo, faço a vocês uma promessa: nestas trincheiras, serei menos bomba e mais salame.

Comi um belíssimo embutido, semana passada: um vídeo do artista plástico Dudi Maia Rosa, no Instagram. Dudi conta, despretensiosamente, como quem procura entender o que fala, enquanto fala, que não conseguia se empolgar com a própria vacinação.

De que valia se salvar no meio deste pandemônio? Então seu filho o lembra do que farão depois da vacina. Vão almoçar juntos. Ele poderá encontrar os netos. Farão um pequeno evento comemorativo. E um pequeno evento comemorativo, meus amigos, é um salame na guerra.

Virar o holofote pra beleza, Dudi nos sugere, é tão ou mais importante do que ficar apontando as trevas, trevas, trevas, trevas. Não se trata de autoajuda superficial. De positividade tóxica. Não é "basta querer para ser feliz". Muito pelo contrário. A posição é: diante da morte, responderemos com vida. O que, no frigir dos ovos, dá bem mais trabalho do que aceitar o espírito funéreo e seguir por aí berrando e mordendo os cotovelos.

Sempre lembro do filme sobre o pianista Jerry Lee Lewis. O cara está esmerilhando no piano e um pastor, apavorado, grita: "Você vai pro inferno!". Jerry Lee Lewis responde: "Se eu vou pro inferno, eu vou tocando piano".

Ao Paulo e ao meu pai, farei uma proposta. Todo mês, três crônicas sobre o piano, uma sobre o inferno. Pode ser?

20 de março de 2021

V de VingAPP

O mundo é injusto, a meritocracia é uma balela. Processar quem te ofendeu ou causou dano só traz despesa e dor de cabeça. Por isso, neste momento de indignação nacional, trago a você o primeiro aplicativo de vingança: VingAPP.

Seu chefe te humilha na frente de todo mundo? Você sofre bullying aos 54 anos de idade e riem da tua cara no bebedor? Por apenas R$ 99,99, os drones do VingAPP borrifarão sobre o telhado do babaca o nosso exclusivo preparado de sardinha, casca de camarão e miolos caprinos. Em vinte e quatro horas, a casa estará com um futum tão intolerável que seu chefe terá de se mudar. Ligando agora, você ainda ganha uma pincelada de cocô de gato inteiramente grátis no capacho dos colegas que te zoaram no bebedor.

Você vai atravessar a rua com sua filhinha e um imbecil avança com o carro sobre a faixa? Envie uma foto da placa para o VingAPP e nossos motoboys passarão uma semana jogando biribinhas no capô do infeliz. Ele não fará a menor ideia de onde vêm os sustos. Quando for se acostumando, nós paramos. Três dias depois, recomeçamos.

Você viu o depoimento do Pazuello na CPI? Achou o spray fétido e o bombardeio por biribinhas muito light? Calma, pois o VingAPP traz para você métodos de vingança à altura até mesmo dos maiores criminosos.

Pazuello estará parado no sinal, a caminho do quartel. Um carro emparelhará com o dele e o motorista perguntará, com sotaque castelhano: "Con licenza, bocê sabe onde és la abenida Alejandro de Souza Jabier?". Pazuello dirá que não pois tal avenida não existe. Quando o general estiver indo almoçar, a pé, uma transeunte o abordará: "Con licenza, bocê sabe onde és la abenida Alejandro de Souza Jabier?". Pazuello ficará perplexo com a coincidência: duas pessoas com sotaque castelhano perguntando pelo mesmo endereço, da mesma forma, em lugares distintos da cidade? Num outro sinal, na volta pra casa, dois palhaços malabaristas abrirão uma faixa diante do carro do Pazuello e nela estará escrito: "Con licenza, bocê sabe onde és la abenida Alejandro de Souza Jabier?". Pazuello embicará na garagem do prédio, uma criança subirá no capô de seu carro, levantará a camisa e terá tatuada na barriga a Peppa Pig com a frase num balão: "Con licenza, bocê sabe onde és la abenida Alejandro de Souza Jabier?".

Apavorado, Pazuello contará tudo para a mulher. Ela obviamente achará que ele está doido. No dia seguinte, a mesma sequência se repetirá. No terceiro dia, Pazuello levará a esposa ao quartel, pra que ela testemunhe o absurdo. O mesmo carro emparelhará, com o mesmo homem, no mesmo sinal. Pazuello fará aquele sinal de manivela (que segue ativo décadas depois do advento dos vidros a botão, o que absolutamente não vem ao caso), o homem abrirá a janela e o encarará, curioso. Pazuello: "Você não vai me perguntar aquele endereço?!". O motorista o olhará mal-humorado e com sotaque carioca, dirá, "Dexxxxxculpa, parrrrceiro, tu deve tá me confundindoah". A transeunte do almoço também cruzará com Pazuello e fingirá não reconhecê-lo. Os palhaços abrirão uma faixa dos Doutores da Alegria. A criança da garagem passará sem olhá-lo.

Nós, do VingAPP, garantimos que em pouco mais de um mês o assassino estará num hospício, com camisa de força. E por apenas 15% a mais, borrifaremos nesta camisa de força o nosso exclusivo preparado de sardinha, casca de camarão e miolos caprinos. Baixe agora: VingAPP, disponível em ios e Android.

29 de maio de 2021

A falsa dicotomia Baco × Bacon

Para tirar os homicidas de Brasília precisamos organizar uma frente ampla que garanta os votos da esquerda sem, com isso, espantar os votos da direita. A esquerda tem, portanto, que rever algumas posições e repensar suas estratégias. Isso, claro, caso os que se dizem progressistas queiram de fato tirar o Bolsonaro, não perder a eleição posando feito sílfides esculpidas na pureza e banhadas na razão.

A esquerda é gigante e plural, claro. Longe de mim querer falar pelo sem-terra do Acre, pela feminista da Bahia, pelos movimentos negros Brasil afora. Eu me considero, na verdade, só meio de esquerda (ou seja, luto por um mundo menos desigual, mas, se possível, sem ter que ver o Zé Celso pelado). Sou parte de um grupo que, embora pequeno, tem voz. Paulistano, classe média alta, escola particular, faculdade de humanas, coluna na *Folha*, roteiros pra Globo. Quando os bolsominions delirantes mencionam "essa mídia e esses artistas comunistas-maconhistas-gayzistas" é basicamente da minha bolha que estão falando. E o fato de serem absurdas a maioria das acusações não significa que não pisemos na bola. Pelo contrário.

Gostaria de começar minha autocrítica assumindo que nós, da esquerda (e da meia esquerda), das artes e da mídia, fomos muito injustos ao julgarmos uma novidade arquitetônica surgida ali pela virada do século xx pro xxi, a varanda gourmet. Acredito que se tivéssemos nos atentado ao descolamento da nossa visão de mundo dos anseios estéticos (e gastronômicos) de boa parte da classe média, não estaríamos agora neste mato sem cachorro onde a vaca foi pro brejo e a onça bebeu água suja de mercúrio e morreu intoxicada.

Falo sério. Se a pergunta "mora ou gostaria de morar num apartamento com varanda gourmet?" constasse nas pesquisas qualitativas, veríamos claramente a cisão antropológica: quem curte assar uma picanha nas alturas não curte assistir às Bacantes no Oficina — e vice-versa, no que poderíamos batizar de "A dicotomia Baco × Bacon".

Para nós, a varanda com churrasqueira representa aquilo que, em algum filme nacional dos anos 1970 (de esquerda), seria dito da seguinte forma: "Essa tua porra de visão de mundo pequeno-burguesa de merda, Carlinha!".

É compreensível. São Paulo é uma cidade que não cresce segundo o bom senso urbanístico, mas ao sabor de construtoras que ditam quais bairros de casas serão postos abaixo para subirem prédios. Nesse sentido, os novos edifícios com varanda gourmet são um retrato do nosso caos metropolitano. Mas o cara que comprou ou alugou um apartamento e tá felizão fazendo uma fraldinha terça à noite (o que, a meu ver, é um programa bem legal) não é dono da empreiteira.

A bronca desta esquerda (da qual faço parte) com a varanda gourmet me parece nascer do mesmo lugar que o preconceito com o axé, o pagode, o funk, a televisão, as comédias que levam milhões aos cinemas: o proletariado não está fazendo a revolução, cantando Mercedes Sosa, está comendo pão de alho e dançando o passinho.

Se a gente quiser tirar o Bolsonaro, não tem que falar com quem curte Zé Celso, mas com quem curte Marília Mendonça. A gente tem que sair dessa missa em latim (pra convertidos) que se tornou a fala da esquerda, essa religião cheia de tabus e proibições, sem gozo ou ar puro, e precisa resgatar da extrema direita o churrasco com pagode. Seja na laje ou na varanda gourmet. Até porque nada é mais Baco do que isso, e Baco, evidentemente, jamais votaria 17.

12 de junho de 2021

Na manifestação

"As pessoas não deviam vir de vermelho", reclamo. Meu amigo Ricardo protesta. "Cara, foi a esquerda que convocou a passeata, organizou tudo, agora eles têm que fingir que não são de esquerda?" "O Bolsonaro teve 55% dos votos e o Haddad, 45%. Se a gente falar só com os 45%, o assassino leva de novo. A turma de amarelo olha as passeatas contra Bolsonaro, vê tanto vermelho e acha que vir é dar apoio ao Lula." "Bom, quando vieram pedir o impeachment da Dilma e tinha carro de som exigindo golpe militar e a volta do AI-5, eles não estavam tão preocupados com esse tipo de ruído." "Mano, o discurso revanchista não vai ajudar. A gente tem que ser pragmático. Tem que deixar claro que uma coisa é protestar contra o assassino em série, outra coisa são as eleições de 22." "Concordo. É por isso que o Lula não veio. O PT não tá organizando essa passeata e boa parte da esquerda que tá aqui tem sérias críticas aos governos petistas. Essa passeata é contra o Bolsonaro, a escalada autoritária, o vandalismo governamental na pandemia. Se a turma de amarelo não topa marchar ao lado de qualquer democrata que se oponha ao governo, não vai rolar frente ampla." "Você tem toda razão. Mas agora não é hora de ter razão, é hora de evitar uma ditadura. Como fazer com que os próximos protestos não sejam só da esquerda?" "Simples. Basta o MBL e o Novo e os ditos liberais aparecerem. Se diante das centenas de milhares de mortos na conta do Bolsonaro, da devastação da Amazônia e da demolição do estado de direito a direita ficasse tão indignada como ficou com a corrupção do PT, essa avenida seria predominantemente verde e amarela. A esquerda tá nas cordas desde 2015, o Lula tava preso e essa direita que se diz democrática não conseguiu criar uma única voz, um único líder, uma única manifestação contra a demolição bolsonarista. Aí a esquerda se reorganiza, faz as primeiras passeatas importantes contra o Bolsonaro e eles vão ficar quietos por medo do Lula em 22?" "Eles tão tentando criar uma 'terceira via', pra daí ir pras ruas." "Isso é uma piada! Não surge um candidato da 'terceira via' porque não existe no Brasil esse extrato da sociedade: empresários, investidores e uma classe média liberal e democrata. Um capitalismo a la Gengis Khan evidentemente não produziu capitalistas à la Warren Buffett. A elite brasileira é liberal só até a segunda página. O que havia de possibilidade de uma social democracia, como o PSDB, resolveu se suicidar apoiando milícias políticas para derrubar a Dilma e foi exterminada por ela. Os membros do PIB brasileiro dispostos a defender o estado de direito não enchem uma Kombi. Tem os Moreira Salles, os Bracher, a Neca Setúbal, o Arminio Fraga, os caras da Natura, a Magalu, mais quem?"

Sobe ao carro de som Douglas Belchior, membro da Coalizão Negra por Direitos, uma das entidades articuladoras das manifestações. Fala sobre o massacre dos jovens negros na periferia, a prevalência dos negros entre os mortos por covid, o desemprego e a fome plantados pelo vírus e adubados pelos dejetos bolsonaristas. Chama a multidão à construção de uma outra democracia, pós-Bolsonaro, um pacto antirracista que inclua os negros e dê oportunidades iguais a todos. Ricardo me pergunta: "É esse o tipo de discurso que os amarelos temem endossar? Se a chamada 'terceira via' não vai à rua defender esses direitos básicos das democracias liberais, ao lado de quem quer que seja, então não é terceira via porcaria nenhuma, é só a velha direita brasileira preocupada em não sair muito mal no Instagram enquanto o Brasil pega fogo".

26 de junho de 2021

A grande mentira

Na revista *piauí* de junho, Roberto Andrés discute o ousado pontapé inicial do governo Biden. O presidente americano irá injetar trilhões de dólares na economia, estendendo o cobertor do bem-estar social e investindo pesado para reduzir emissões de carbono. O cavalo de pau foi dado, entre outras razões, pela constatação de que o trumpismo e demais arroubos antidemocráticos mundo afora só foram possíveis pois o discurso das democracias liberais estava fazendo água havia tempo.

Como as pessoas podem acreditar que a Terra é plana? Como podem acreditar que a vacina vai instalar um chip em seus corpos? Como puderam acreditar nas mentiras do Trump e seguem acreditando nas do Bolsonaro, do QAnon, do Olavo de Carvalho? Bem, tanto nos Estados Unidos quanto no Brasil essas pessoas passaram décadas crendo numa mentira não menos gigante: que as democracias liberais, este nosso mundo com eleições, Netflix, cartão de crédito, Peppa Pig, politicamente correto, crossfit, Carteira de Trabalho, McFlurry, habeas corpus, Fuvest e afins iria melhorar suas vidas, garantir seus direitos básicos e introduzi-las numa sociedade justa, onde todos teriam as mesmas oportunidades. Balela.

No longevo reinado de quase meio século do neoliberalismo, enquanto o estado do bem-estar social ia sendo desmantelado mundo afora, a distância entre o 1% e os 99% crescia. As pessoas se sentiram enganadas — e foram. (Sobre este processo, vale ler *A consciência de um liberal*, do Paul Krugman, e os contos "O cobrador", do Rubem Fonseca, e "O espremedor de culhões", do Bukowski.)

Não adianta virem os Stevens Pinkers da vida mostrar que o capitalismo melhorou as condições dos pobres nos últimos 250 anos. O motoboy que se arrisca todo dia sob sol e chuva pra levar refeições valendo metade do seu salário não quer saber dos últimos 250 anos, quer saber do mês seguinte. Quer ter um trabalho que curta e seja bem pago, quer ser olhado com desejo pela moça bonita do Shopping Higienópolis e não com desconfiança pelos frequentadores e seguranças. Quer ser admirado pelos filhos e comer sua picanha com cerveja no domingo.

As pessoas não são burras. O motoboy olha pela fresta da porta na casa chique e sabe que é o mais próximo que vai chegar daquela sala, embora o discurso reinante seja o de que se ele se esforçar bastante, prosperará. Se isso não é fake news, não sei o que é.

O bolsonarismo e o trumpismo são infecções oportunistas: alastraram-se porque o sistema imunológico da democracia foi minado por ela mesma. Essa picaretagem de prometer aos pobres propaganda de margarina e entregar gás lacrimogêneo aguenta só até certo ponto. Quando a mentira cai de madura, a dissonância cognitiva deixa na cabeça dos desiludidos um rombo pelo qual entra todo o tipo de terraplanismo.

Não vamos vencer o fascismo fazendo jogral com artistas no Facebook nem escrevendo colunas argumentando que a democracia é a melhor forma de governo — tenho lugar de fala, de jogral e de coluna neste assunto. A melhor saída, a única eficaz e justa, é construirmos uma democracia que seja radicalmente inclusiva. Do contrário, na hora de escolher entre ser engambelado pela conversa pra boi dormir ou se tornar gado no estouro da boiada, as pessoas seguirão optando pelo segundo. Ou o Brasil paga o que deve à maioria dos brasileiros ou em breve não serão de polegares e indicadores as armas apontadas pela turba enfurecida. Pensando melhor: já não são.

3 de julho de 2021

Passeata do MBL

Em abril de 2016, às vésperas da escabrosa votação na Câmara, o apoio popular ao impeachment da Dilma beirava os 70%. Dois anos depois, Bolsonaro foi eleito com 55,13% dos votos válidos (57 797 847), contra 44,87% (47 040 906) do Haddad. Certos ou errados, os brasileiros desejaram depor Dilma e eleger Bolsonaro. Como, felizmente, ainda vivemos numa democracia (escrevo na sexta, perdão se a frase caducou até sábado), a única maneira de a minoria do #ELENÃO reverter o desmantelo civilizatório e evitar um golpe é convencendo parte da maioria #ÉBOMJAIRSEACOSTUMANDO a saltar do barco autoritário.

Não parece óbvio? O ponto de partida de todos aqueles que assistem a *Star Wars* torcendo por Luke Skywalker e não pelo Darth Vader deveria ser trazer bolsominions pro lado iluminado da Força. De 2016 pra cá, no entanto, uma parte bem barulhenta da esquerda se dedica a impedir qualquer um que foi a favor do impeachment ou votou no Bolsonaro a vir para o seu lado. Enquanto deveríamos, como motoristas de Uber, estar dando água e bala a qualquer minion arrependido que topasse dois dedos de prosa, agimos como beques de fazenda dando carrinho por trás e gritando "CHUPA, GADO!", "BEM-FEITO FASCISTA!", "AGORA AGUENTA, TIO EUGÉSIO!".

É uma questão aritmética simples: sem trazermos o tio Eugésio, seguimos minoria. A gente gosta do tio Eugésio? Não. A gente quer convidar o tio Eugésio pra almoçar na nossa casa? Não. A gente apoia o tio Eugésio caso ele perceba que o Bozo é um imbecil e te encaminhe um abaixo-assinado pelo impeachment? Sim! Infelizmente, tem gente que prefere ver a ditadura instaurada a protestar ao lado do tio Eugésio.

No domingo (12) vou à manifestação na Paulista contra o Bolsonaro, convocada pelo MBL, ao lado de todos os tios Eugésios. O MBL foi uma engrenagem importante no impeachment, na eleição do Bolsonaro e na criação do ambiente tóxico e irracional em que se transformou a discussão política brasileira. Atacaram jornalistas, trollaram gente séria, ajudaram a embrulhar o miliciano fã da tortura no papel dourado do "liberalismo". Ir à passeata convocada pelo MBL sob o lema "Fora, Bolsonaro", contudo, não é apoiar o Kim Kataguiri para presidente. Não é pedir o Mamãe Falei em casamento. Não é assinar um documento concordando com as ações do MBL desde a sua fundação. É juntar forças contra um inimigo comum e poderoso. A esquerda precisa do MBL, capaz de falar com os órfãos tucanos, os liberais democratas (parece que existem uns catorze ou quinze, sim, no Brasil), a Faria Lima, os Jardins, a Hebraica, a Fiesp, a CNI, o agro não ogro. O MBL precisa da esquerda, capaz de trazer movimentos sociais, sindicatos, estudantes, artistas (por saber disso, aliás, o MBL inteligentemente tirou da pauta as críticas ao Lula).

Entendo os que veem nisso o velho e tenebroso conchavo brasileiro, o acochambramento que faz abolição indenizando o senhor de escravos e não os escravizados, anistia torturadores, dá "bolsa empresário" via BNDES. Não se trata, contudo, de formar uma chapa com o MBL ou de dizer que é possível governar o Brasil com Freixo e Joice Hasselmann do mesmo lado: trata-se apenas de ir a uma passeata, com a maior quantidade e variedade de pessoas possível, para impedir um golpe.

Como escreveu aqui o Renato Terra, na sexta: "Depois que a maioria dos brasileiros deixar claro que não quer uma nova ditadura, depois que esse pesadelo autoritário acabar, a gente volta a criticar o MBL. E o MBL volta a criticar a esquerda. […] Pelo direito de discordar do MBL, eu vou à manifestação organizada pelo MBL".

11 de setembro de 2021

Jantar do Temer

"Por que Machado de Assis é bom?" — o garoto perguntou. "Eu leio na escola. A professora diz que é da hora, eu sei que deve ser, mas não entendo onde tá, tipo, a graça. Eu acho mó chato." Tentando responder à pergunta, num bate-papo com alunos numa escola estadual, cito autores, críticos, repito chavões, falo difícil e vejo pelos olhos do menino que a minha explicação tá tão chata e abstrusa quanto os livros que ele tenta compreender.

Já em casa, sob o oráculo tardio e infalível da Lorenzetti, cai sobre mim o que eu deveria ter dito uma hora antes. "Machado de Assis é um gênio porque descreveu, há 150 anos, todo mundo que você conhece. Seu tio. O taxista da esquina. O colega mais rico e o mais pobre da turma. É difícil para você reconhecê-los pois o seu tio, o taxista, o colega mais rico e o mais pobre da turma estão lá no livro de fraque e cartola, locomovem-se em carruagens e cabriolés, falam com o sotaque do século XIX. Basta traduzir aquele século pro nosso, porém, e você vai ver a sua ceia de Natal inteirinha."

Foi a Fernanda Torres, sempre brilhante, quem traçou o paralelo, num post, entre o calamitoso jantar do Naji Nahas pro Temer et caterva e outro jantar, em *Memórias póstumas de Brás Cubas*. Tudo, nas imagens de 2021, é caricato, retrato tragicômico de uma elite que ninguém, como Machado, soube pintar: "Vulgaridade de caracteres, amor das aparências rutilantes, do arruído, frouxidão da vontade, domínio do capricho".

O crítico Roberto Schwarz criou o conceito de "ideias fora do lugar" para explicar como os senhores de escravos brasileiros, nos debates sobre a abolição, citavam autores liberais para impedir o Estado de "interferir em seus negócios privados". Como seus "negócios privados" incluíam comprar e vender seres humanos, a apropriação indevida da teoria liberal é tão absurda quanto, digamos, um Paulo Marinho, um Paulo Guedes, uma Fiesp e outros apoiarem um fascista defensor da tortura para "modernizar o país". Eis o tipo de valor que o conservadorismo brasileiro conserva.

Qual "ideia" mais "fora de lugar" do que aquele cenário cafona de rico paulistano no vídeo do jantar? Um pastiche de Versalhes ou *Downton Abbey*: papel de parede verde-musgo, sanca neoclássica, talheres de prata, vaso chinês. Nenhuma mulher, nenhum negro, nenhum traço do século XX, Semana de 22 passou longe, tropicália passou batido. É uma elite brasileira que despreza o Brasil, não conhece o Brasil, não merece o Brasil. Azuleja o quintal e planta ciprestes na calçada.

O fato mais tristemente machadiano do vídeo, porém, é que os caricatos comensais naquele bunker do conservadorismo pré--Revolução Francesa, aqueles fósseis do antigo regime, são tidos por muitos, hoje, como os "liberais" que nos salvarão das trevas. Esse pessoal que cita a escola austríaca de cima da liteira.

Não à toa, semana passada, a esquerda decidiu não ir às tristes manifestações do MBL e do Vem Pra Rua. Eu fui. Numa ditadura bolsonarista, minha vida corre risco, sob um governo do

Temer & MBL & Vem Pra Rua, não. Mas pro pessoal do movimento negro, pros pobres, indígenas e todas as minorias Brasil adentro, tanto sob Bolsonaro quanto sob qualquer um daqueles delinquentes que riem de forma obscena no jantar, o pau de arara & a bala "perdida" & a vala comum são a regra. Há 521 anos.

18 de setembro de 2021

Maconha, pipa e Kalashnikov

Papelaria: até a palavra já soa a animal extinto. Papelossauro. Valocipapelor. Papelomute. Por mais quantos anos as pessoas vão precisar de grampeador, clipes, papel? Dez, vinte, trinta?

O dono deve ter uns sessenta. Barrigudo, grisalho, nariz orgulhosamente pra fora da máscara, ostenta um mau humor que finge ser másculo e senhorial, mas é claramente o desespero de um condenado.

Deve ver cadafalso por todos os lados. Certamente nos funcionários. Duas garotas e um garoto de vinte e poucos, os uniformes incapazes de esconder a ponta de uma tatuagem, o tênis de skatista, as trancinhas afro. Agora é tudo assim, deve pensar o dono, tudo bagunçado, que nem naquela propaganda do Banco do Brasil que o Bolsonaro vetou.

Impossível não ver o sujeito como devoto do "mito". Ele é o extrato demográfico bolsonarista feito carne: homem branco hétero de classe média que nunca teve poder, está envelhecendo e sente saudades do tempo em que ao menos tinha gente abaixo pra chutar. Mandava na mulher, fazia piada de preto, de veado.

Agora do falo só lhe resta a arminha de mão e o nariz pra fora da máscara — que vêm a ser a mesmíssima coisa.

Óbvio que ele também já me sacou. Meus óculos de aros grossos, a barba por fazer, a postura mais pra cifose do que pra crossfit atestam que estaremos em barricadas opostas no caso de uma guerra civil. No entanto, basta eu perguntar "tem vareta?" e ele responder "é pra pipa?" para criar-se o bololô etnográfico.

Era a terceira papelaria em que eu entrava. Nas duas anteriores me olharam como se eu tivesse pedido urânio com goiabada ou um sarcófago egípcio: "Hein! Vareta?!". O dono dessa, porém, não só pergunta de bate-pronto se é pra pipa como solta, empolgado, assim que eu respondo "é": "Vareta de bambu, então. Ô, Taiane, pega lá em cima? Vai querer quantas, amigão?".

Confesso que não sei quantas, eu fazia pipa com meu pai quando era moleque, agora me esqueci e pra fazer com meu filho vou olhar no YouTube. "Que YouTube, o quê?!", ele diz, "te ensino já". E só não digo que sorriu porque o verbo não consta no seu vocabulário.

Rubem Braga também não era dado a sorrisos, penso, fazendo um esforço para enxergar na minha frente um homem diferente do que em 2026 me apontaria uma AK-47. Vejo nele o mesmo esforço. Desde que a pipa surgiu entre nós, tenta desver o esquerdoso maconheiro de antes. Talvez, imagina ele, eu só tenha comprado os óculos errados, esquecido de fazer a barba — e, se for ver bem, esses caras do MBL também andam por aí que nem esquerdoso maconheiro. Vai que?

Tento buscar no interesse dele pelas pipas uma simplicidade matuta, um lirismo interiorano. Ele tenta enxergar no meu interesse pelas pipas um apego à tradição: um homem querendo ensinar pro filho o que aprendeu com o pai, levando adiante neste mundo avacalhado a combalida tocha da masculinidade.

Taiane (a das trancinhas) traz as varetas. Sob a orientação

do chefe ela me mostra os papéis, o carretel e a cola — "a cola vai de brinde", diz o sujeito. Penso naquele filme sobre a guerra da Bósnia: *Quo Vadis, Aida?*. A professora encontra um ex-aluno, agora no exército inimigo. Ele a cumprimenta, "e aí, p'sora?!". Ela o chama pelo nome, manda lembranças à mãe. Ao dar tchau, chacoalhando o braço, ele balança nas costas a Kalashnikov que pode matá-la.

O dono da papelaria me ensina a fazer o tipo mais simples de pipa e mostra como cortar um saquinho de supermercado enrolado pra amarrar na rabiola. Ao me entregar de presente o tubo de cola cruzamos a vista. Entendemos, ali, que selamos uma aliança, embora nenhum dos dois saiba qual é.

30 de outubro de 2021

Saudades da secretária eletrônica

Meu velho pai sabe das coisas. Eu o chamo de "velho pai" não porque seja realmente velho: é como ele se chama ao falar comigo. Às vezes usa o epíteto num modo semi-irônico, como quem põe um cachimbo na boca pra uma foto. Outras vezes é mais a sério — acende o cachimbo. Na semana passada, por exemplo, me escreveu a uma e meia da manhã pedindo para lhe mandar um xis salada: "Alimente seu velho pai". Meu velho pai não usa Uber Eats, iFood, Rappi ou qualquer uma "dessas coisas".

Meu velho pai tá de saco cheio "dessas coisas". Outro dia ele me ligou. "Recebeu minha mensagem?" "Por onde?" Silêncio. "PQP! Não aguento mais essas coisas" — e começou a reclamar da dificuldade de nos comunicarmos por tantos canais: "É WhatsApp, SMS, e-mail, DM no Facebook, no Instagram, no Twitter...". "Qual era a mensagem, pai?" "Aí é que tá. Eu tive uma ideia muito boa no meio da noite e te escrevi pra não esquecer, agora não lembro nem da ideia e nem por onde escrevi."

Segundo meu velho pai, a razão de ele e tantos outros estarmos desmemoriados é "dessas coisas": aplicativos e plataformas e dispositivos jorrando uma quantidade infinita de informação que de bom grado entuchamos retina abaixo, cada tela um daqueles funis de milho pra transformar fígado de ganso em patê. (Talvez o plano do Zuckerberg e seus comparsas seja esse: transformar nossos cérebros em patê para depois comê-los com cream-crackers-low-carb-glúten-free-ESG-sem-pegadas-de-carbono. A hipótese é absurda, mas não mais que o furdunço global que estamos vivendo.)

Meu velho pai tá injuriado com o furdunço global que estamos vivendo e tem uma proposta bem razoável para minorá-lo. "Cinco anos sem inventarem nada. Nada. Todo mundo fica com o celular que tem, com o Android que tem, o iOS que tem, com os aplicativos que tem e os canais de televisão que tem. Quando a gente aprender a usar tudo, assistir a todas as séries, ler todos os livros, ouvir todos os podcasts, vê se precisa inventar mais alguma coisa ou para por aí mesmo."

Concordo. A humanidade precisa de um novo Adobe Reader a cada semana pra quê, exatamente?! De que forma ph.Ds em física podem "otimizar" um troço que é basicamente um xerox eletrônico?

Na faculdade eu penava pra entender o que o Marx queria dizer com aquele papo de "a infraestrutura produz a superestrutura". Mais tarde entendi e era simples e verdadeiro. A nossa maneira de agir molda a nossa maneira de pensar. Um pescador no século XIX se relaciona com o tempo, a comida, o sexo e as unhas dos pés de formas completamente diferentes do que um programador de vinte e dois anos, hoje, no Vale do Silício. É evidente que existe uma ligação direta entre a placa do meu celular e a minha placa para bruxismo. Quando meus dedos aflitos param de digitar, passam o turno pros dentes.

O supracitado alemão resumiu o que parecia ser o fim dos tempos com a frase "tudo o que é sólido desmancha no ar".

O que diria sobre nossa época em que o próprio ar se desmancha, inundado por dióxido de carbono, metano, óxido nitroso e sei lá mais o que?

Nessa gincana do capiroto fica todo mundo perdido, confuso, exausto e resolve entregar a alma ao primeiro imbecil que prometa o retorno a um passado mais simples. Ah, o chão firme da homofobia! A segurança do azul e rosa! A burrice cristalina do terraplanismo!

"Tinha que ser geral", sugere meu velho pai, "com Biden, Merkel, China, ONU, com tudo: cinco anos sem inventarem nada. Nada. PQP: que saudades da secretária eletrônica."

20 de novembro de 2021

Cascadura

Arrastão de Cascadura, Unidos do Cabuçu, Acadêmicos do Peixe e Sereno de Campo Grande são algumas das escolas no grupo D do Carnaval carioca. Desfilam todo ano na estrada Intendente Magalhães, a "passarela do povão", a 22 quilômetros da Sapucaí.

A quadra do Arrastão é modesta se comparada à da Portela, mas a bateria não deve nada a ninguém. Quando o repique entra aflito esperneando e é consolado por mais de cinquenta tambores em uníssono, o chão treme, treme a pele do rosto, a capa do São Jorge/Ogum na parede e a latinha de Brahma ali em oferenda. Então dançam as passistas, rodam as baianas e não tem mais série D, grupo especial ou de acesso, é só o Brasil que deu certo ou que poderia ter dado ou talvez possa dar.

Passei uma semana na Zona Norte do Rio fazendo pesquisa para uma série de TV. (Agradeço às autoras cariocas Thais Pontes e Renata Andrade por terem dado a mim e ao Chico Mattoso o privilégio da parceria, salvando-nos assim, ao menos temporariamente, da soberba aridez paulistana.)

Pertenço à bolha inculta para a qual "suburbano" é termo depreciativo. Como lembrou o mestre Luiz Antonio Simas, enquanto nos guiava pelas ruas e encruzilhadas de Madureira, se tirarmos do Rio a contribuição cultural do subúrbio não sobra quase nada. Nem o *beach tennis* se salva, pois a moda das atuais garotas (e garotos) de Ipanema é filha do frescobol, invenção de um ilustre cidadão do Méier, Millôr Fernandes.

A Zona Norte do Rio quase não tem árvores, quase não tem praças, é uma imensidão de concreto, azulejo, porcelanato e fios emaranhados para os quais o Cristo dá as costas. Mas foi (e é) ali que o gás carbônico da escravidão e dos migrantes pobres expulsos do centro pelas reformas "embelezadoras" do sempiterno "cidadão de bem" foi transformado no oxigênio que ainda mantém viva a cultura nacional. É triste e lindo: aqueles que foram sequestrados, violentados e expulsos para as bordas trouxeram de volta, chacoalhando no trem, boa parte do que há de bonito nesta experiência torpe chamada Brasil.

Há, claro, em várias partes da Zona Norte, a presença do tráfico, das milícias, do bicho, das igrejas neopentecostais, mas como não haveria? Se o Estado não traz a ordem, alguém há de trazer, seja pela bala, seja pela Bíblia. Não estou de forma alguma legitimando o crime, mas criminalizando o Estado, que há cinco séculos serve a um punhado de cupins. (Peço perdão aos cupins, pois basta comparar a solidez de um cupinzeiro à de nossas instituições para perceber a inconteste superioridade dos insetos.)

A Zona Sul do Rio é hoje como a casca oca do Hotel Glória (olha o nome), que Eike Batista ia reformar quando faliu. Uma mansão caindo aos pedaços, habitada por fantasmas. A Zona Oeste paulistana é mais rica em dinheiro, mas igualmente pobre de espírito. Essa turma que rifou o Brasil nas mãos do senhor de engenho Paulo Guedes é a mesma que levantava a bandeira do liberalismo contra a abolição da escravatura — o Estado não deveria se meter nos negócios privados.

Duas semanas atrás eu não tinha qualquer esperança, agora tenho. (Não muita, mas alguma.) Pra além dessa elite tacanha que vai da monocultura da cana à escola bilíngue do Enzo sem jamais cruzar com Pixinguinha, sobrevive latente um outro país, onde os deuses dançam através dos homens e os jovens afrofuturistas trançam em seus cabelos os fios soltos da história nacional. "O Brasil não merece o Brasil" — ainda.

4 de dezembro de 2021

ESTA OBRA FOI COMPOSTA EM ELECTRA PELO ESTÚDIO O.L.M./ FLAVIO PERALTA
E IMPRESSA EM OFSETE PELA LIS GRÁFICA SOBRE PAPEL PÓLEN SOFT
DA SUZANO S.A. PARA A EDITORA SCHWARCZ EM SETEMBRO DE 2022

A marca FSC® é a garantia de que a madeira utilizada na fabricação do papel deste livro provém de florestas que foram gerenciadas de maneira ambientalmente correta, socialmente justa e economicamente viável, além de outras fontes de origem controlada.